KB266930

작화증 사내

작화증

작화증 사내

초판 1쇄 발행 2013년 3월 28일

지은이 정광모
펴낸이 강수걸
펴낸곳 산지니
편집 양아름 권경옥 손수경 윤은미
디자인 권문경
등록 2005년 2월 7일 제14-49호
주소 부산광역시 연제구 거제1동 1498-2 위너스빌딩 203호
전화 051-504-7070 | 팩스 051-507-7543
홈페이지 www.sanzinibook.com
전자우편 sanzini@sanzinibook.com
블로그 http://sanzinibook.tistory.com

ⓒ정광모, 2013
ISBN 978-89-6545-213-3 03810

작화증 사내

정광모 소설집

산지니

차례

기 억 금 지 구 역

그림 앞에 서자 숨이 멎었다. 10호 가량의 그림틀 속 인물은 할아버지가 틀림없었다. 삼십대 중간쯤의 나이인 그림 속 인물은 단정하게 서 있었다. 팔품이 넓고 흰 의복을 입은 그는 상당히 자신감에 차 있는 모습이다. 검은 관을 머리에 쓰고 손에는 조그마한 패를 들었으며, 허리에 넓적한 띠를 두르고 게다를 꿰신었다.

나는 흰 벽에 걸린 그림에 더 가까이 다가갔다. 세밀하게 만든 채색 판화였는데 수채화처럼 보였다. 천장 조명만이 작품을 비추고 있는 어둑한 화랑에서 그림은 둥실 허공에 떠 있는 것 같다. 아직 전시를 준비하는 중이라 주위는 조용하다. 화랑이 불안하리만치 고요해 나는 꿈속에서 할아버지를 대면한 것 같은 착각마저 들었다. 엄숙한 일본 신관 복장을 해서인지 내 기억 속에 남아 있는 할아버지 모습과는 거리가 멀었다. 신관은 신사에서 일본 고유 신앙인 신도 의식을 집행하는 사람이다. 거기에다 나이도 내가 기억하는 할아버지보다 훨씬 젊어 보였다. 그럼에도 나는 본능적으로 할아버지를 알아보았다. 그림 속 할아버지의 둥근 얼굴과 솟아 오른 광대뼈, 부드러우면서도 날카로움이 섞인 얼굴 특징은 우리 집안의 내력이어서 쉰이 넘은 내 얼굴에도 그대로 나타나 있다.

그 그림 옆에는 은행 현판이 붙은 붉은 벽돌 건물 앞에서 정면을 주시하는 다른 모습이 걸려 있다. 양복을 입은 모습인데, 그 모습도 어쩐지 낯설었다. 왠지 모르겠다. 일본 신관 복장을 한 그림의 인상이 너무 컸기 때문인지 모른다.

서울의 화랑에서 걸려 온 전화는 서면에 있는 호텔 레스토랑에서 받았다. 코스 요리를 끝내고 가볍게 맥주를 나누던 자리였다. 나는 거래 관계로 만난 사장에게 기분이 상해 있던 차였다. 사장이 끝없이 그쪽 형편만 늘어놓아 상담은 진척되지 않았다. 수신 등록이 안 된 전화번호였지만 거래처 사장의 애기가 지루해지던 참이라 무심코 전화를 받았다.

전화를 건 사람은 강남에 있는 유명 화랑의 큐레이터였다. 목소리로 보아 마흔쯤의 남자였다.

혹시 조부께서 김자 경자 수자를 쓰는 어른 아니십니까?

큐레이터의 목소리는 들떠 있었다. 나는 강남에 있는 화랑에서 돌아가신 할아버지를 갑자기 무슨 영문으로 찾는지 의아했다. 우리 가족이 화랑과 그림이나 조각을 거래했다는 소문은 들은 적이 없었다. 더구나 선대에서 물려받은 그림은 한 점도 없다. 우리 집안은 그림이라면 호사가들이 벌이는 쓸데없는 놀음으로 치부했다. 아파트 거실 한쪽에 걸린 50호짜리 모란 그림은, 잊을 만하면 전시회를 하며 동창들을 괴롭히는 친구 등쌀에 마지못해 들여놓았을 뿐이다.

큐레이터가 쏟아 낸 말은 얼른 알아듣기 어려웠다. 런던 크리스티 경매니 엘리자베스 키스와 목판화니 하는 단어들은 내가 일상에서 접하는 용어가 아니었다. 거래처 사장에게 지쳐 있던 차에 듣는 난데없는 얘기인지라 짜증이 나려 했다. 경매나 판화가 대체 할아버지와 무슨 상관이 있는가?

큐레이터는 모델 김경수의 손자인 나를 찾게 되어 다행이라며 안도했다. 얘기의 전말은 이러했다.

자신이 근무하는 화랑이 런던 크리스티 경매에서 엘리자베스 키스가 그린 채색 목판화를 구입했는데, 그 판화 속에 우리 할아버지가 모델로 그려져 있었다는 것이다. 크리스티라는 말이 내게는 태양계를 벗어난 성운에서 폭발한 별 이름처럼 아득하게 멀었다. 크리스티 소식은 신문에서 가십 기사로나 가끔 만날 뿐이다. 중국인 거부가 청나라 옥새를 고가로 사들였다거나 서양인이 빼돌린 중국 황실 두루마리 그림이 경매에 나왔다는 기사들이었다. 나는 거부가 사들인 금액에 감탄하며 무엇을 그린 황실 그림인지 기사를 뒤적거린 적도 있었다. 그 경매장에서 우리 가족과 관련 있는 물품이 나왔다니, 믿기지 않았다.

큐레이터는 작품의 상세한 내력을 추적하기 위해 그림 속 장소를 확인하러 부산을 방문할 예정이며, 오는 길에 손자인 나를 만나보고 싶다는 요청을 내놓았다. 나는 어정쩡한 입장에서 그거야 뭐 어렵지 않다, 나도 그림에 대해 자세한 걸 알고 싶으니 날짜와 시간을 달라고 했다. 그렇게 만난 낯선 큐레이터가 나를 서울의 화랑으로 이끌고 말았다.

큐레이터가 추적한 그림 속 할아버지를 나도 깊이 알지는 못했다. 할아버지는 내게 따가운 수염으로 남아 있다. 할아버지로 짐작되는 사람이 어린 나에게 뺨을 비볐던 기억. 그때마다 할아버지의 거친 수염이 여린 살 속에 파고들어 내 뺨은 벌겋게 부풀어 올랐다. 나는 큰소리로 울어 대며 할아버지 품에서 빠져나오려고 버둥대었다. 할아버지는 그게 재미있는지 더 나를 끌어안고 목이며 가슴에다 마구 턱을 문지르며 즐거워했다.

할아버지가 남긴 사진은 서너 장뿐이었다. 안방에 높게 걸린 결혼식 사진이 기억에 남았다. 보자기에 싸서 혼례상에 올린 닭이 놀란 눈으로 사모관대를 쓴 신랑을 바라보았다. 신랑은 자신을 감싼 예복이 거추장스러운지 찡그린 눈이었다. 할아버지는 일제강점기에 꽤 괜찮은 직장이었던 은행원으로 일했다. 은행은 서양식 2층 건물이었다는데, 올림픽을 준비하며 나라가 한참 들썩이던 시절에 고가도로를 세운다며 철거되고 말았다. 그러고 보니 할아버지에 대한 기억은 넓은 화폭에 몇 번의 붓질만 해 놓은 그림처럼 군데군데 비어 있다.

나는 그림에서 몇 걸음 물러나와 도록을 펼쳤다. 고급스런 푸른색 표지에 시원한 디자인이 눈을 끌었다. 화랑은 이번 '기억 2부작' 전시에 큰 의미를 부여했다. 기억 1부작은 엘리자베스 키스가 그린 작품 전시회로, '조선의 기억'전이었다. 1부작 전시가 끝나는 이틀 뒤에 바로 2부작 전시가 이어진다. 전시회 제목이 유별났다. '내지인이 본 조선'이다. 일본인이 식민지 조선을 그린 그림과 사진을 끌어모았다. 일본인 소설가가 개성과 평양을 거쳐 나진항까지 여행하며 찍은 사진이 들어 있다. 그 내지인은 이국적인 풍경에 빠져들어 사진에 긴 글을 덧붙여 남겼다. 평양 부벽루 기둥에 기댄 여자 그림이 눈에 띄었다. 여성이 들어간 인물화나 풍경화가 여러 점인데, 죄다 조선 기생이 모델이었다. 도쿄

히비야에 간 경성 기생 사진이 한자리를 차지했다. 도록을 넘기자 일본인 화가가 그린 금강산과 경성의 풍경화가 여럿 나왔다.

화랑이 기억 1부작을 위해 크리스티 경매에서 판화를 사고 해외 미술관이 소장한 작품을 빌려 왔다. 큐레이터는 경매에서 호가가 올라 염두에 둔 금액보다 더 지출하게 되었다며 아쉬워했다. 이제야 그림을 차지하는가 마음 졸이며 기다리고 있을 때 경쟁자가 2천 파운드를 더 올렸다며 생생한 이야기를 늘어놓았다.

동그란 안경을 쓴 갈색 머리 할머니는 큐레이터가 내놓는 금액 앞을 살짝 앞서 나가며, 끈질기게 따라붙는 동양인 경쟁자에게 같은 미술애호가로서 그림을 구하려는 욕구에 공감한다는 듯한 미소를 보냈다. 큐레이터가 미소에 화답하며 몇 번 액수를 고치자 순식간에 그림 값이 치솟아 큐레이터의 손바닥에는 끈끈한 땀이 배었다. 포기하려는 마음을 굳힐 때쯤 그림이 손에 들어왔다는 것이다.

도록에 엘리자베스 키스의 약력이 붙어 있다. 한국에는 잘 알려지지 않은 화가라며 큐레이터가 내게 들려준 이야기와 비슷했다.

1887년 스코틀랜드 에버딘셔에서 태어난 엘리자베스 키스는 1915년부터 일본, 한국, 중국, 필리핀 등을 여행하면서 그림을 그렸다. 그녀는 판화, 수채화 등 다양한 작품을 남겼는데 특히 동양의 색채를 감각적으로 표현한 판화로 널리 인정받았으며, 그중에서도 한국을 소재로 한 작품이 뛰어나다. 평생 미혼으로 살면서 그림을 그리다가 1956년 세상을 떠났고, 그해 일본에서 마지막 전시회가 열렸다.

납작한 모자를 눌러쓰고 목까지 올라오는 흰색 옷깃의 옷을 입고서 여자가 도록 속에서 미소를 지었다. 짧은 머리에 깡마른 여자는 몇 나라를 쉼 없이 다닐 정도로 활동적으로 보였다. 엘리자베스는 명승지를 찾아다니며 풍경화를 그리면서, 열정적으로 조선 사람의 모습에 매달렸다고 한다. 그리하여 선비와 농사꾼, 노는 아이들, 민씨 가문의 신부, 무인, 궁중 음악가 등 다양한 사람을 그린 채색 판화와 수채화를 남겼다.

마음을 진정시키며 화랑을 한 바퀴 돌았다. 모두 4층인 화랑 건물은 1층과 2층을 전시실로 사용했다. 넓고 쾌적한 화랑은 런던 크리스티 경매에서 작품을 사 올 만큼 재정이 넉넉해 보였다. 유명 재벌 부인이 이 화랑의 중요 고객이라는 기사도 본 것 같다.

엘리자베스가 만든 판화 인물은 정겨웠다. 족두리를 쓴 신부가 앉아서 신랑을 기다리고 있는 그림이었다. 내리깐 눈 아래로

설레는 마음과 걱정스러운 마음이 미묘하게 섞여 신부의 얼굴을
물들였다. 또 다른 판화에서는 한복을 입은 연주자가 갸름하고
긴 손으로 대금을 불고 있다. 그림 옆의 해설에서 연주자는 과거
국악원 소속이었으나 조선 왕조가 망해 일본 정부가 이들의 활
동을 지원하게 되었다는 설명이 달려 있다. 한편, 남매인 듯 보
이는 두 어린이가 색동저고리를 입고 기와 올린 대문 앞에 서 있
다. 대문 바깥으로 하얗게 눈 덮인 초가지붕이 군데군데 보인다.
다정한 눈으로 한국인을 담아낸 그림은 소담스럽게 쌓인 눈만
큼 포근하게 마음을 감싸들었다.

　그림들을 보면서 내 가슴은 따뜻하게 데워졌다. 그러나 할아
버지 그림 앞으로 돌아오자 아랫배가 뻣뻣해지며 속이 니글거렸
다. 일본 신관이 입는, 아래로 내려갈수록 품이 넓어지는 흰옷을
입고서 할아버지가 하늘 천 모양의 도리이 옆에 서 있다. 신사
입구에 세운 도리이는 기둥 두 개를 길 양쪽 가장자리에 세우고,
그 기둥 꼭대기를 들보로 연결한 모양새다. 그 아래쪽으로 신사
로 오르는 계단이 나 있다. 도리이 가운데 붙은 네모난 틀에 '용
두산신사'라는 한자가 선명하다.

　서울 화랑에 오기 전, 그림의 배경이 용두산공원이라는 말을
듣고 일부러 공원을 둘러보았다. 신사의 자취는 고사하고 한때
신사가 있었다는 안내 팻말마저 붙어 있지 않았다. 신사뿐 아니

라 공원에서 일제의 기억을 되살리는 물건은 단 한 점도 보이지 않았다. 오래된 물건이라야 공원 구석에 초라하게 붙어 있는 국민교육헌장비 정도였다. 오석으로 만든 비석에 국민을 올바르게 교육하겠다고 빽빽하게 들어찬 글귀는 닳아서 흐릿했다. 용이 승천하는 청동상과 종각이 이후에 세워져 주요 자리를 차지했고, 공원 한가운데는 큰 칼에 손을 올린 이순신상이 우뚝 서서 부산 앞바다를 지켜보고 있다. 장군은 금방이라도 전투에 달려 나갈 듯한 힘찬 자세였다. 동상 뒤로 부산타워가 있는 곳이 옛 신사건물 자리였다. 부산타워 1층을 차지한 쇼핑센터는 입구 양쪽에 일본어와 중국어로 손님을 맞는 환영 문구를 크게 붙여 놓았다. 유적으로만 따지면 용두산에 있었다는 신사는 존재하지 않았던 가상의 건물이었다.

할아버지가 입은 신관 옷은 언젠가 들렀던 도쿄의 신사에서 본 적이 있다. 메이지 천황을 모신 신사로, 들어가는 길이 울창한 나무에 가려 해가 보이지 않았다. 수많은 사람이 줄지어 찾는 신사는 꼼꼼히 들여다보아도 도무지 감흥이 일지 않았다. 오히려 신사 왼편에 꼿꼿하게 앉은 신관에게 시선이 끌렸다. 마당에서 은빛 기모노를 입은 신부와 가족을 구경하면서 시간을 보내다 고개를 돌리니 동상처럼 앞을 바라보는 젊은 신관의 모습이 잡혔다. 신관은 신전에서 참배하거나 구경하는 사람을 지켜보고 있었다. 약간 아래로 향한 그 눈길은 참배객의 가슴께를 향했다. 나는 초여름 날씨가 더워 손으로 이마를 훔쳤다. 후덥지근한 날씨에도 불구하고 신관이 양손으로 든 패조차 움직임이 없을 정도로 신사에는 정적만이 감돌았다.

그림 속 할아버지와 메이지 신사의 신관은 한국과 일본이라는 거리와 함께 반세기를 넘는 시간으로 단절되어 있었다. 그럼에도 그 둘이 입은 흰색 제복은 회색 승복이나 사제의 목에 두른 로망 칼라처럼 단박에 서로를 묶어 내었다. 나는 그 둘의 기묘한 기시감에 흠칫 몸을 떨었다.

그림 앞에서 상념에 잠긴 나를 큐레이터가 와서 건드렸다. 우리는 중국 식당으로 향했다. 9월답지 않은 늦더위가 거리를 달구어 그늘로 걸음을 옮겼다. 입구가 화려한 식당은 벽지가 온통 붉은빛으로 요란해 정신을 어지럽혔다. 먼저 전가복이 들어왔다. 큐레이터가 회전판을 내 쪽으로 돌리며 요리를 권했다. 몇 점을 들어 접시에 놓고 그쪽으로 요리를 돌려보냈다. 오래 익혀서인지 해삼이 질겼다. 큐레이터는 긴 숟가락으로 앞접시에 요리를 가득 담았다.

큐레이터가 화랑이 기획한 '기억 2부작' 얘기를 꺼냈다. 일본 식민지 시절 기생문화가 얼마나 판을 쳤는지 아십니까? 조선인 선박회사 사장이 일본인 친구와 기생들을 반도호텔로 불러 닷

새 동안 큰돈을 쓰며 놀았지요. 신문에 나온 기사입니다. 뭐, 자주 있는 일이었지요. 조선인 상류층은 부어라 마셔라 먹자판에 놀아났고요. 서민들은 춘궁기를 넘기지 못해 얼굴이 누렇게 뜨는 시절에 말입니다. 굶는 사람이 있으면 기름진 음식을 향해 필사적으로 달려가는 사람도 있지요.

큐레이터가 갑오징어를 씹고 냅킨으로 입을 닦자 두툼한 입술에 묻은 기름이 번질거렸다. 앞머리가 살짝 벗겨지고 둥근 얼굴에 뚱뚱했다. 기름을 많이 쓰는 중국 식당에 어딘지 모르게 어울리는 체형과 인상이었다. 요리는 두 사람이 먹기에 넘치는 양이었다. 큐레이터는 쉬지 않고 숟가락으로 요리를 자신의 접시에 옮겨 담았다. 도자기로 만든 접시는 숟가락이 닿자 가볍게 울리는 소리를 냈다. 간풍새우가 들어왔다. 새우에 튀김옷이 잘 입혀지지 않아 속살이 내보였다. 내가 오늘은 가탈지게 음식을 대하는 모양이었다. 피망과 새우를 집어 오래 씹었다. 입이 깔깔해 음식이 넘어가지 않았다.

큐레이터가 말을 이었다. 용두산공원에 가 보셨습니까? 뭐가 남아 있던가요. 부산에 일본과 연결된 유적은 드물죠. 일본과는 부산항을 개항할 때부터 관계가 깊었는데 말입니다. 수만 명의 일본인이 중앙동과 광복동에 살면서 그들 건물이 판을 쳤습니다. 지금 꼴을 보십시오. 기억하기 싫은 과거를 깡그리 밀어 버린 겁니다. 그는 기념엽서를 꺼내 보여 주었다. 용두산 신사 앞에 서 있는 조선 아이들 모습이었다. 검정색 모자를 쓴 학생과 눈을 내리깐 댕기머리 처녀가 굳은 표정으로 서 있었다. 용두산 신사는 조선에 세워진 최초의 신사죠. 부산항에 왜관을 설치할 때 대마도 영주가 처음 만들었습니다. 일본거류민들은 을사조약 훨씬 전에 거액을 기부해 신사를 확장하고 새롭게 단장했지요. 그리고 총독부가 관리비용 모두를 부담하는 국폐사(國幣社)로 격상시켰고요. 일본인은 용두산 신사를 부산뿐만 아니라 대륙관문의 수호신으로 여겼습니다.

큐레이터는 더 놀라운 사실을 터트리기 위해 숨을 고르려는 것처럼 말을 멈췄다. 나는 그의 말을 조마조마한 기분으로 기다렸다. 용두산신사에서 오징천황과 도요토미 히데요시를 모셨지요. 도요토미 히데요시라면, 설마? 그는 고개를 끄덕였다. 맞습니다. 임진왜란을 일으킨 그 작자입니다. 머리가 지끈거렸다. 할아버지가 도요토미 히데요시에게 제사를 지냈다? 상상하기 어려웠다. 견습을 했다니 옆에서 도와주기만 했을 것이다. 그래도 충격은 마찬가지였다.

나는 몸속에 쌓이는 역정을 느꼈다. 차곡차곡 쌓이는 역정이 열기를 뿜으며 어딘가 터져 나갈 대상을 찾기 시작했다. 빌미를 제공한 할아버지에게 화를 쏟아야겠지만 할아버지는 오래전에 죽어 버렸다. 굵은 테 안경을 쓴 큐레이터는 사소한 그림에 의미를 부여하면서 제멋대로 일을 벌였다. 나는 어떻게든 이 난관에서 피할 방도를 찾기 시작했다. 그러나 집요한 큐레이터에 맞서 일을 원점으로 돌리는 건, 거의 가망 없는 일처럼 보였다.

나는 젓가락을 놓았다. 전혀 식욕이 없었다. 큐레이터가 내게 식사로 뭘 시킬 건지 물어보았다. 잘 먹었다면서 사양하자 그는 울면을 시켰다. 맥주를 시키자 그가 컵에 가득 따라 주었다. 거품을 얹은 술이 끄륵 소리를 내며 불쾌하게 식도를 타고 내려갔다.

큐레이터는 할아버지를 용감하다고 평가했다. 이건 또 무슨 소리인가. 나는 큐레이터를 의아하게 바라보았다. 엘리자베스가 조선에서 다양한 직업과 신분을 지닌 사람을 그렸지만 그 누구도 자신의 이름을 밝히진 않았습니다. 김경수 씨는 자신의 이름과 함께 경상합동은행에 다닌다는 직업을 당당하게 밝혔죠. 자신이 문중 몇 대손이라는 정보까지 공개했습니다. 그래서 우리가 금융박물관이 보관한 회사 연감과 족보를 통해 선생님을 찾을 수 있었던 것이고요. 엘리자베스가 그림을 그리면 그녀의 옆에서 여동생 엘스펫이 그림에 얽힌 배경과 인물을 글로 썼지요.

엘스펫도 김경수 씨가 신분과 이름을 거리낌 없이 들려주자 놀라워했습니다. 그런 선례가 없었으니까요. 선생님 할아버지는 일본인 지점장이 추천해서 견습으로 신관 업무를 배운다고 말했습니다. 사정이 허락하면 정식으로 강습소를 다닐 생각이라고까지 했지요. 당시 조선인이 신직(神職)을 맡기는 힘들었습니다. 봉급과 지위가 높아 조선인에게 장벽이 높았지요. 선생님의 할아버지는 좋은 직장이었던 은행원 일 틈틈이 신관 일을 익힌 거죠. 그걸 자랑스럽게 여기지 못할 이유가 없지요.

큐레이터가 우리 할아버지를 변명하자 나는 더 우울해졌다. 달리 생각해 보았다. 할아버지가 자랑스럽게 신관 일을 말했다면, 그 말을 듣는 외국인 옆에 지점장과 일본인 신관이 배석했던 건 아닐까? 할아버지가 자신을 외국인 화가에게 소개한 일본인을 향해 말한 것은 아니었을까? 혹시 작은할아버지를 도우려 했던 것일까? 할아버지는 감옥에 들어간 동생을 구하기 위해 신관 업무를 배웠을지도 모른다. 근거는 없지만 원래 속마음을 증명할 자료는 당연히 없지 않는가?

작은할아버지는 일제강점기에 몇 년간 옥살이를 했었다. 잡혀 들어간 이유가 모호하기는 했다. 일본인 회사에 다니다 돈과 폭행 문제가 얽혔다는데, 그 과정에서 일본인 주인에게 큰 상처를 입혔다는 얘기였다. 작은할아버지는 내가 대학에 가기 전까지 살아 계셨는데 일제에 반항할 결기 있는 인물로 보이지는 않았다. 이기적이면서 속이 좁아 친척들 사이에 분란을 일으키는 사람이었다. 작은할아버지는 일제 감옥소에서 당한 혹독한 고문 이야기를 들려주곤 했다. 지금 생각하니 그 말도 의심스럽다. 감옥소에서 주워들은 얘기일지도 모른다. 할아버지가 지낸 옥살이는 흐릿한 과거 속에서 영양을 잔뜩 섭취해서 이제는 그 진위를 알아보지 못할 만큼 뚱뚱하게 변하고 말았다.

어린 시절에 들었던 그런 이야기는 커서는 더 듣지 못했다. 이야기를 전해 줄 분들이 돌아가셨기 때문이다. 아직 살아 있는 어르신들이나 친척들은 전해 들은 이야기조차 하지 않았다. 우리 집안의 과거는 점차 아무도 관심을 두지 않는 평범한 화석으로 변해 갔다.

우리 집안만이 아니었다. 일제강점기에 지은 건물이 거리에서 사라지면서 과거의 기억도 함께 사라져 갔다. 사람들은 과거가 어떤 불길한 전갈이라도 보내올까 두려워하며 과거의 기억을 재빨리 묻어 버렸기 때문에 과연 언제까지가 과거인지도 나는 늘 애매했다. 일제가 만든 영도다리는 철거될 위기에 처했다가 겨우 목숨을 건졌다. 광안리 앞바다를 가로지르며 새로 들어선 복층다리는 뉴스 첫 화면에 나오는 부산의 상징 자리를 차지했고 부산하면 떠올렸던 오륙도는 새로운 다리에 밀려나 해무 속에서 허우적댔다. 해운대에는 바다를 매립한 자리에 우람한 고층 빌딩이 솟아올랐다. 오래된 건물은 사정없이 밀려나 화려한 카페로 바뀌었다.

큐레이터가 넘겨 준 작품 도록에는, 조선인들은 한 명의 살아 있는 개인이 아니라 큰 숲 속에서 자라는 한 그루 나무에 불과한 것처럼 자신을 감추기에 급급했다고 서술되어 있다. 그런 점에서 순순히 정체를 밝힌 김경수는 보기 드문 존재였다. 그 덕분에 오늘 내가 서울에 올라와서 식은땀을 흘리며 곤욕을 치르고 있는 것이다.

식사를 마친 후 카페에 들렀다. 에어컨을 세게 튼 카페는 시원하다 못해 온몸에 소름이 돋았다. 여주인이 큐레이터에게 미소를 지으며 인사를 건넸다. 큐레이터가 날이 덥다며 호들갑스럽게 인사를 받았다. 그는 통통한 손가락으로 검게 윤이 나는 나무탁자를 두드리며 에티오피아 핸드 드립 커피를 내게 권했다. 주인이 주전자의 기다란 입구로 원을 그리며 가는 물줄기를 내리자, 커피 가루가 드리퍼 위에서 부풀어 올랐다. 나는 물을 머금은 커피에서 투명한 유리잔으로 방울이 똑똑 떨어지는 모습을 지켜보며 할아버지의 행동을 변명했다. 할아버지가 신직 훈련을 받은 것은 강요에 의해서였을 것이오. 은행은 순종적인 조선인 직원이 필요했을 것이고 용두산신사는 조선인이 수련한다는 홍보 효과를 노렸겠지요. 어찌됐든 총독부가 신사참배를 강제하지 않았소? 그러니 그림 모델도 마지못해 했다고 봐야지요.

큐레이터는 고개를 끄덕였다. 고개를 끄덕이긴 했지만 동의라기보다는 마지못해서, 혹은 상대방의 이야기를 들으면서 습관처럼 하는 행동처럼 보였다. 강요당했다는 데에는 별 관심이 없는 모양이었다. 그는 우리나라에 신사가 천 개도 넘게 있었다며 이야기를 돌렸다.

남산에 있었던 조선신궁은 거대한 규모였습니다. 남대문에서 남산까지 길을 따라 신사 건물이 이어졌으니까요. 조선인들 거의 대부분이 신사에 참배했습니다. 물론 못 이겨서 따라 했겠지요. 그러나 좋은 기억만 기억이 아닙니다. 설령 강요받아 행동했더라도 귀중한 역사입니다. 고통스러워 잊고 싶거나 상처를 긁어 파는 기억도 보존할 가치가 있는 법이지요. 그런 점에서 할아버지를 그린 두 작품은 일제강점기를 그린, 미술사적 가치가 있는 작품입니다. 후손으로서는 불편하겠지만 냉정하게 보면 가치 있는 불편함이죠.

그림이 할아버지를 담고 있지 않다면 꽤 그럴듯한 말이었다. 그렇게 큐레이터가 할아버지를 그린 작품이 가치가 높다는 말을 되풀이하자 왠지 모를 불안감이 밀려왔다. 큐레이터가 재차 두 그림의 가치를 말했다. 근무하는 은행 앞에 양복차림으로 선 그림을 보셨지요. 용두산 신사의 도리이 옆에 신관 복장으로 선 모습은 어떤가요. 두 그림은 식민지 시대 인물이 살아가는 분열

된 자아를 보여 줍니다. 양복 그림은 조선을 압도한 서양의 근대문명을 추종하는 모습이지요. 용두산 신사는 일본 제국주의가 강요한 문화의 상징입니다. 조선인과 조선은 양쪽 모두에 형편없이 굴복하고 말았지요. 그런 상태에서 조선인의 장래는 암울했습니다. 그런데 서양 문명과 일본의 신사문화는 서로 배척하는 관계에 가까웠지요. 조선인은 언젠가는 두 문화 중에서 한쪽으로 기울 수밖에 없는 운명이었습니다. 이렇듯 엘리자베스는 조선이 안고 있는 고민과 갈등을 탁월하게 단 두 점의 인물화로 간파해 낸 셈입니다.

큐레이터는 자신이 발굴한 그림에 심취해 그럴싸한 치장을 듬뿍 발라 내놓았다. 그는 속 편한 표정으로 커피를 한 잔 더 마셨다. 하지만 나는 편치 않은 목소리로 물었다. 화랑이 1부 전시회에서 두 그림에 대한 인터뷰를 할까요? 그렇지요. 인터뷰와 전시회 소식은 신문에 나가겠지요? 아마 나올 겁니다. 방송을 타기도 하겠죠? 아마 그렇게 될 가능성이 크죠. '우리가 버린 기억'이라는 강연도 준비하고 있습니다. 김경수라는 이름과 신분이 그대로 언론에 실리겠군요. 그건……, 큐레이터가 잠시 대답을 멈췄다. 이미 엘스펫이 그림에 붙인 글에 설명이 되어 있지요. 그림에는 대부분 엘스펫이 쓴 해설이 붙어 있습니다. 결국 두 그림이 전시회의 초점이군요. 그렇습니다. 이번 기억전에 제일 어울리는 작품이지요. 큐레이터가 은근히 자신을 치켜세웠다. 기획 목적에 딱 맞는 작품을 구하기가 쉽지 않죠. 구하고 싶지만 아무리 뒤져 봐도 어렵습니다. 이번 전시에는 다행히 행운이 따랐지요.

나의 불안한 마음은 점차 당혹감과 노여움이 섞인 감정으로 변해 갔다. 할아버지를 그린 그림이 있다는 단순한 발견에서 사건은 다른 방향으로 확대되고 있었다. 이봐요. 김경수는 우리 할아버지입니다. 그분이야 죽었지만 가족 동의가 있어야 할 게 아니오. 큐레이터는 천천히 그러나 단호하게 고개를 저었다. 그가 부인하는 목소리는 마치 차가운 금속처럼 냉정하기만 했다. 화가가 평범한 개인을 그려도 작품이 완성되면 예술적인 인물이 되지요. 즉 공적인 인물로 변신하는 겁니다. 그림이 화가의 화실을 벗어나는 순간, 그림 속 모델은 창조된 제3의 인물이 되는 거죠.

큐레이터의 설교에 누르고 있던 화가 치밀었다. 엘리자베스가 다른 사람을 그렸다면 화랑이 내건 의미에 스스럼없이 동조했으리라. 그림을 쓱 훑어보며 딱한 표정으로, 그래도 일본 신관이라니 이 사람 너무하군, 하며 혀를 찼을 것이다. 그러나 그는 나의 할아버지였다. 인간 김경수는 그림 속에 갇혀서 관객들이 내뱉는 무수한 악평에 시달리고 말 것이다. 큐레이터가 무덤에서 발굴해 부활시킨 인물은 화랑의 밝은 조명 아래 눈을 내리깔고 몸을 오그라뜨릴 것이다. 견습 신관은 프랑켄슈타인이 만든 누더기 괴물처럼 되살아나 용두산의 꽃시계를 지나서 이순신 동상을 한 바퀴 돌고, 이제는 이미 사라진 신사 자리에 짐을 풀었다. 신사 따위는 깡그리 지워 버려 짐을 내려놓을 좁은 틈조차 없는 공원에 말이다. 그림은 그냥 영국에 머물러 있어야 마땅했다.

서울에 오면서 들렀던 용두산공원은 과거를 까마득히 잊은 지 오래였다. 용두산공원으로 오르는 에스컬레이터 앞 도로는 깔끔하고 걷기 편하게 디자인되었다. 일본인이 부산항을 만들면서 번화가로 뚫은 거리였지만 그런 이력은 사라져 있었다. 이순신 장군 동상 아래에서 비둘기들이 졸고 있었다. 동상 옆 계단에서는 비둘기처럼 시간을 죽이는 노인들이 많았다. 중절모를 쓴 노인에게 혹시 예전에 있었다는 신사를 아느냐고 물어보았다. 과거를 찾는 물음에 주위 노인들이 귀를 세웠다. 신사 말이야? 아암 있었지. 오래전 일이야. 이 일대가 전부 신사였어. 여기 지세가 좋았거든. 나는 혹시 신사를 본 적이 있느냐고 물었다. 워낙 오래전 건물이라 기억이 가물가물하네. 옆에서 회색 셔츠를 입은 노인이 끼어들었다. 해방되던 해에 누가 불을 질러 버렸거든. 그러니까 벌써 육십육 년이나 되었네. 옆에서 누가 육십칠 년이라고 중얼대었다. 계단에 선 노인 한 명이 말을 받았다. 왜놈들이 온통 산을 깎아 신사를 만들었어. 이 터가 그때 공사한 형태 그대로일걸. 그놈들이 공사 하나는 잘했지. 낙동강 제방도 만들고, 초읍 수원지에 있는 댐은 백 년이 되어 갈 거야. 다른 노인이 공박했다. 그게 다 우리 땅 빼앗으려 한 수작이야. 자선으로 해 줬겠어? 그야 그렇지. 어쨌든 기술 하나는 좋았다는 말이야. 놈들이 지은 건물은 워낙 단단해서 망치로 부수기가 힘들다니까. 노인들은 심심한 생활에 던져진 소일거리로 티격태격하며 과거로 빨려 들어갔다.

나는 노인들의 말을 뒤로 흘리며 부산타워 전망대로 올라갔다. 전망대 아래로 무질서하게 땅을 채운 건물이 시야를 메웠다. 부산타워에서 내려다보면 부산은 천혜의 항구였다. 용두산은 용의 머리처럼 항구를 모두 장악하는 지점에 서 있었다. 신사는 그 용의 머리 위를 타고 앉았을 것이다. 예전 신사 자리에 다시 자리 잡은 타워에서 일본인 관광객이 아이 손을 붙잡고 전망대를 돌았다. 나는 커피잔을 내려놓으면서 동시에 용두산공원을 다녀온 기억에서 빠져나왔다. 일본 신관 옷을 입은 김경수를 하늘 아래 두기는 곤란했다. 우리 집안에서 이 사실을 알면 펄쩍 뛰며 아우성을 쳐 댈 것이다. 나는 돌멩이로 그림틀 유리를 깨고 그림을 짓이기는 장면을 상상하며 묘한 카타르시스를 느꼈다. 채색 판화는 찢어지고 뭉개져 순식간에 너절하게 바뀔 것이다. 카페를 나와 화랑으로 돌아오면서, 틈을 보아 화단에 놓인 돌멩이를 주워 주머니에 넣었다.

화랑에 돌아가 아까의 결심을 되새기며 그림 속 할아버지를 다시 바라보았다. 유리로 덮인 인물은 나를 향해 온화하게 웃었다. 김경수는 마치 양복을 입은 은행원에서 일본 신관으로 변해 가는 인물로 보였다. 일본 신관에서 양복을 입은 은행원으로도 나타났다. 그는 조선인의 삶을 뿌리째 바꿔 버린 세력을 향해 공손하게 서 있었다. 김경수 할아버지가 입을 벌려 내게 호소하려고 했다. 무엇을 말하는 것일까? 집안을 위해 자신을 희생했으니 이해해 달라며 하소연하는 것일까?

나는 휘청하며 한 걸음 뒤로 물러났다. 엘리자베스가 공들여 만든 작품을 내가 파괴할 권리가 있는 것인지 혼돈스러웠다. 수치스러우면서 분하고, 지워 버리고 싶으면서 연민을 느끼는, 복잡한 감정에 잠시 어질어질했다. 이 그림이 일본인의 침략과 신도에 굴복한 상징으로 책과 잡지, 그리고 어쩌면 교과서에까지 실리게 될지도 모른다는 별스런 망상이 머리를 어지럽혔다. 나는 다시 집안 어른들을 떠올렸다. 부산에 있는 선산과 곧 결혼할 아들 얼굴이 지나갔다. 그 얼굴들이 신관 할아버지 그림은 당장 쓰레기 더미로 보내야 한다며 입을 모았다.

그런 상상이 어른거리자 도리이 옆에 선 김경수의 얼굴은 흉측하게 비틀리고 눈초리는 사나워졌다. 더는 변명하지 않겠다며 그는 입을 꾹 다물어 버렸다. 조용한 화랑에서 내 숨소리만이 크게 울려 퍼졌다. 몸에 열기가 올라 입고 있던 옷을 모조리 벗어 버리고만 싶었다. 전시 준비 작업은 며칠 더 걸릴 모양이었다. 내가 결의를 굳히며 그림을 노려보자 그림 속 할아버지 얼굴이 새하얘졌다.

큐레이터가 나를 부르며 화랑으로 들어왔다. 그 목소리에는 지금까지와는 다른 뉘앙스가 풍겼다. 그는 예쁜 카페처럼 치장해 놓은 사무실 옆 휴게실로 나를 데리고 갔다. 노란색과 빨간색 스툴 의자 여러 개와 벽에 붙은 검정 소파 사이로 원목 탁자가 자리 잡고 있다. 나무를 깐 바닥은 기분 좋은 울림을 전했다.

선생님, 해방된 지 어언 70여 년이 다 되어 갑니다. 일본 동부에 난 대지진으로 쓰나미가 덮치자, 어땠습니까. 한국인들이 일본을 동정하며 구호금을 많이 모았지 않습니까? 일본 가수를 좋아하는 우리 젊은이들이 많습니다. 한국에서 일본 드라마가 잘 팔리고, 반대로 일본에서는 한류 붐이 일기도 했지요. 선생님의 할아버지 그림이 부끄럽다? 아닙니다. 시대가 바뀌었습니다. 할아버지 그림에 새로운 의미를 부여해야 합니다. 일본과 서양의 문화를 이해하고 손수 실천한 선각자로 말이죠.

나는 선각자란 말에 놀라 귀를 기울였다. 큐레이터는 길을 틀어 나를 다른 방향으로 끌고 갔다. 그제서야 나는 큐레이터가 나를 서울 화랑까지 끌고 온 이유를 어렴풋이 짐작할 수 있었다.

우리 화랑이 일본 오사카와 도쿄에서 엘리자베스 키스 전시회를 엽니다. 전시회가 성공하면 한국과 일본에서 엘리자베스 작품 값이 한 계단 뛰어오릅니다. 일본에는 일본식 판화기법을 사용한 그녀의 작품이 오래전부터 인기가 있었지요. 한국에서도 충분히 잘 팔릴 화가입니다. 그렇게 되려면 선생님 도움이 필요합니다.

나는 그의 말에 무슨 도움이 필요하다고요, 하며 되물었다.

그는 딱 부러지게 말했다. 스토리텔링이죠. 할아버지 그림을 둘러싼 근사한 이야기 말입니다. 선생님, 현대는 스토리텔링이 판을 치는 시대입니다. 선생님 할아버지는 좋은 이야기 소재를 갖추고 있지요. 베르메르가 그린 '진주귀걸이를 한 소녀'라는 그림을 아십니까? 나는 어디선가 그림을 본 기억을 되살리려 애썼다. 누군가 자신의 이름을 불렀는지 왼쪽 어깨를 살짝 틀어 돌아보는 소녀의 그림입니다. 진주귀걸이를 한 소녀의 커다란 눈이 신비하면서도 유혹적인 매력을 담았죠. 소설가는 그림을 소재로 유부남 화가와 소녀 모델의 러브 스토리를 창작했고요. 소설은 곧 영화로도 만들어졌습니다. 그림 한 점이 다양한 콘텐츠를 생산하고, 그 콘텐츠가 다시 그림을 둘러싼 아우라를 풍성하게 키웁니다.

큐레이터는 내가 우려하는 바를 안다는 듯 미리 손을 내저었다. 걱정 마십시오. 선생님이 기억을 짜낼 필요는 없습니다. 스토리텔링이라는 게 원래 만들어 내는 거니까요. 과거에서 취사선택해서 근사하게 구워 내는 겁니다. 그런 일을 능숙하게 처리하는 작가들이 있습니다. 그들은 감동적인 상상력을 동원하죠.

큐레이터가 주워섬기는 말에 마음이 기울었다. 그는 내가 자신도 모르게 고개를 끄덕이고 있는 모습에 힘차게 말을 이었다.

다시 말씀드리지만 선생님 할아버지는 선각자입니다. 그분이 일본과 서양의 문화를 포용한 많은 일화가 있었을 겁니다. 그 일화를 발굴해 내겠다는 말입니다. 할아버지를 사랑한 일본여인의 비련도 이야기에 빠져선 곤란하겠죠. 선생님은 할아버지의 추억을 완벽하게 되살려 낸 책의 서문을 쓰는 겁니다. 일본에서 책을 내면서 전시회를 히트시킨 후에, 그 성공을 지렛대로 해서 한국에서 앙코르 전시를 여는 거죠.

큐레이터는 나를 장밋빛 도는 구름 위에 올려놓았다. 기분 좋은 진동이 내 마음을 흔들었다. 입가엔 슬슬 미소가 번져 나갔다. 갑작스레 탈출구가 나타나 미심쩍기까지 했다. 나를 사로잡은 고민을 내려 버릴 공산이 커지자 몸이 가뿐해졌다. 나는 큐레이터의 눈빛을 바라보며 그가 내놓을 제안을 은근히 기다렸다.

기침을 몇 번 하며 큐레이터가 목청을 다듬었다.

우리 화랑이 키스 작품을 몇 점 더 구입해 놨습니다. 우리가 사 온 가격보다 훨씬 높게 팔면 일정 금액을 선생님께 드리겠습니다. 팔릴 가격이야 아직 모르지만요. 곧 출판할 책의 인세도 절반은 선생님 몫입니다. 책이 베스트셀러가 될 수도 있습니다. 귀신도 베스트셀러가 될 책을 모른다지 않습니까? 책은 일본어 판을 먼저 내고, 뒤이어 한국어판을 낼 계획입니다. 일본에서 책이 더 히트할 수도 있지요. 소재와 스토리가 일본인들 구미에 딱 맞으니까요.

나는 큐레이터가 내놓지 않은 말들을 넘겨짚었다. 그림 값을 올리는 작업은 자신 있지요. 책을 풀고, 언론에 크게 싣고, 전시를 열고. 큐레이터는 머리를 손가락으로 톡톡 두드리면서 이렇게 말하고 싶을 것이다. 제 머릿속엔 해내야 할 순서가 환하지요.

휴게실 의자에서 편안하게 몸을 일으켰다. 전시실로 돌아와 노인들의 기억에서도 희미한 그림 속 용두산공원을 다시 보았다. 큐레이터의 제안을 들은 지금은 할아버지의 통 큰 흰옷이 웬만한 고민이나 갈등을 다 품을 만큼 넉넉해 보였다. 얼마 전까지 나를 사로잡았던 부끄러움이 재빨리 녹아 흔적 몇 방울만 남겼다. 나를 가둔 짐승우리처럼 답답하게 느껴졌던 그림이 안온한 성같이 든든했다. 아까와 다르게 빠르게 변해 버린 내 마음에 나는 깜짝 놀랐다. 무엇보다 내 할아버지가 받을 오명을 씻어 낸다는 계획이 좋았다. 큐레이터가 근사하게 할아버지를 포장해서 예쁜 리본을 준비해 주면, 나는 모르는 척 그 리본을 달기만 하면 된다.

할아버지가 살아서 이 장면을 보면 어떻게 대처했을까? 주머니 속에 든 돌멩이를 쥐었다. 바지주머니에 불룩하게 들어간 돌멩이가 허벅지를 눌렀다. 나는 의미가 없어진 돌을 손에서 가볍게 굴리며 전시한 그림을 따라 오른쪽으로 걸었다. 평양 대동강변 정자 그림이 나타났다. 소나무 두 그루가 서 있는 정자 아래로 황색 돛을 단 배가 떠다녔다. 정자 아래 강변에서 흰옷을 입은 사람들이 옷을 짜거나 빨래방망이를 두드렸다. 그 풍경 속에 함께 잠기고 싶은 평온한 일상이었다.

두 여인이 그늘지기 시작하는 오후 마당 가운데에서 맷돌로 콩을 가는 장면이 나왔다. 붉은 함지에 젖은 빨래를 담아 머리에 인 함흥의 주부 그림이 연달았다. 함흥 여자는 짚신에 걸맞지 않은 값비싼 옥가락지를 두 개나 꼈다. 나는 값나가 보이는 옥가락지의 크기와 모양을 유심히 살폈다.

큐레이터의 말처럼 그림에 나오는 인물은 모두 겹겹이 옷을 껴입고 정체를 감췄다. 그들은 선비와 학자, 무인, 연주자라는 명사로만 기록되었다. 김경수만 자신의 이름을 드러내었는데 그것도 할아버지가 화가와 서양문물을 대하는 대범한 자세로 받아들여졌다. 나는 화랑을 한 바퀴 돌아 다시 할아버지 그림 앞에 섰다. 두 그림 옆으로 노랗게 눈에 띄는 금속 띠를 세로로 붙여 놓았다. 대표 전시작을 부각하는 디자인이었다. 큐레이터가 부여한 해설은 아직 그림 옆에 붙지 않았다. 광대뼈가 솟은 내 얼굴을 닮은 그를 물끄러미 바라보았다. 그 광대뼈는 생각지도 않게 불거져 나와, 내게 행운을 안겨 주려 한다. 나는 자신도 모르게 새어 나오는 웃음을 만족스레 지었다.

그림에서 돌아섰다. 이제 부산으로 돌아가야 할 시간이었다. 그러다 나를 잡아당기는 묘한 힘에 이끌려 다시 그림을 마주보았다. 그림 속의 할아버지가 마치 나처럼 보였다. 나는 그림 속에 들어가 품이 넓은 흰옷을 입고 서 있었다. 고개를 세차게 흔들고 눈을 감았다가 다시 떴다. 정신을 차리자 그 모습은 백일몽처럼 사라졌다. 그림 속의 할아버지는 변함없었다. 하지만 어딘지 지금까지 보였던 모양과 달라 보였다. 할아버지가 내게 말을 걸어 너는 역시 내 손자라고 말하는 듯했다.

아직 버리지 못한 돌멩이에 손이 닿았다. 섬뜩하게 차가웠다. 얼굴이 화끈거리며 등골을 타고 진땀이 흘렀다. 얼굴을 식히려고 화장실로 갔다. 수도꼭지에서 흐르는 물을 양손에 담아 얼굴에 끼얹었다. 손이 떨리면서 순식간에 물이 손가락 사이를 빠져

나갔다. 고개를 들어 화장실 벽면에 걸린 거울을 바라보자, 큐레이터의 제안에 흥분한 얼굴이 드러났다. 눈은 달아오르고 입술은 그림에서 얻어 낼 탐욕으로 일그러져 있었다.

그 순간 나는 놀라 뒤로 물러섰다. 거울에 비친 내 얼굴에 일본 신관 옷을 입은 할아버지 얼굴이 겹쳤다. 할아버지 얼굴이 사라지는 동시에 거울엔 내 얼굴이 선명하게 나타났다. 욕심 붙은 얼굴은 볼살이 늘어져 그림 속 할아버지보다 더 비굴해 보였다. 할아버지의 얼굴을 빼닮아 광대뼈가 솟은 내 얼굴이 나를 향해 역겹게 히죽대며 웃었다. 소름이 쫙 끼쳤다. 정신없이 돌멩이를 쥐었다. 거울이 쨍하고 갈라지며 수십으로 갈라진 내 얼굴이 나타나는 환영에 사로잡혔다. 바닥으로 떨어진 내 얼굴 조각들이 하나로 붙어 할아버지 얼굴로 되살아날까 두려웠다.

정신이 들고 보니 어느새 그림 앞으로 돌아와 있었다. 나는 오른손에 돌멩이를 꽉 쥔 채 꼼짝 않고 서 있었다. 오른손이 부들부들 떨렸다. 무릎이 딱딱하게 굳어 할아버지 때부터 지금까지 줄곧 뻣뻣하게 서 있었던 것처럼 느껴졌다. 천천히 돌멩이에서 손을 뗐다. 무척 오랜 시간이었다. 억지로 무릎을 펴고 그림을 마주 보며 뒷걸음쳤다. 언제쯤 그림을 등질까 가늠하며 나는 끝없이 뒤로 걸었다.

시시포스 묻히다

박은 시시포스로 불렸다. 호텔을 짓는 공사장 인부들이 박을 시시포스로 이름 지었다. 호텔 오 사장은 그 이름이 맘에 들었다.

박이 시시포스로 불리며 바위를 굴린 야산은 신축하는 호텔 옆에 붙어 있었다. 야산은 언덕보다는 높고 산이라고 하기에는 민망했다. 푸석한 암석이 산을 덮었고 부서진 돌가루가 깔렸다. 비가 오면 땅으로 스며들지 못한 빗물이 돌가루와 엉켜 회색으로 산에서 흘러내렸다.

박은 바위를 야산 꼭대기로 밀어 올렸다. 하루에 한 번이었다. 바위를 굴리게 된 사건은 우연히 찾아왔다. 오 사장이 업자에게 호텔 공사를 앞당기도록 요구하면서 엉뚱하게 그 계기가 마련

되었다.

오 사장이 외진 곳에 호텔을 짓겠다고 알리자 친구들은 깜짝 놀랐다. 볼품없는 야산이 자리 잡고 있는 비즈니스호텔 예정지 주변에는 밭과 비닐하우스가 흉하게 섞여 있었다. 소규모 공장과 함께 객토를 한 논들이 왕복 2차로인 지방도로를 따라 깔려 있었다. 유유히 흐르는 강도 없고 조망이라고 부를 만한 경치도 없었다. 하다못해 고즈넉한 시골풍경과도 거리가 멀었다.

오 사장은 오랫동안 부동산에 투자하면서 쌓은 자신감으로 차 있었다. 그가 세울 7층 비즈니스호텔로 끌어들일 고객은 중국인 관광객이었다. 그가 호텔을 지을 값싼 땅을 찾아 나선 계기는 서울을 찾는 친구를 위해 묵을 방을 잡아 주려 호텔로 전화를 돌리면서였다. 평일 서울의 특급호텔은 방이 꽉 찼던 것이다. 그는 의아해하며 비즈니스호텔로 전화를 냈다. 그곳도 마찬가지였다. 프런트 직원은 일본인 손님이 여전한데다 폭발적으로 늘어난 중국관광객 때문이라고 해명했다. 오 사장은 중국인이 우리나라로 몰려온다는 기사를 신문에서 여러 번 보았지만 이렇게 직접 확인한 셈이다. 그는 투자처를 고를 때 늘 직접 접한 정보를 귀중하게 여겼다.

오 사장이 서울 호텔과 객실 수를 조사해서 세운 계획은 투박했다. 서울에서 거리가 있는 곳에 중국인 고객을 유치할 호텔을 짓는다, 저렴한 객실에 괜찮은 조식을 내건다, 외곽고속도로를 타고 서울로 들어가는 시간이 나쁘지 않은 지역을 구한다, 하는 것들이었다. 그는 중국 여행사에 얼마면 단체손님을 보내 줄 수 있는지 타진했다. 금액을 받아 든 그는 미소를 지었다. 돈을 벌려면 돈을 잘 버는 사람 옆에 붙어 있어야 했다. 그는 돈을 끌어모으는 중국인과 더불어 재미를 볼 작정이었다. 건설업자에게는 단순하고 튼튼하게 호텔을 짓도록 주문했다. 모든 초점은 실용성에 맞춰졌다. 그러나 아쉽게도 호텔 앞에 삭막하게 붙은 야산이 분위기를 깎아 내렸다.

호텔을 짓겠다고 결심하자 오 사장은 갑자기 중국인 관광객이 사라지지 않을까 조바심을 냈다. 그는 건물 준공을 앞당기면 벌어들일 수 있는 돈을 두고 안절부절 못했다. 계산기를 두드리면 늘어날 돈 액수는 바로 나타났다.

오 사장은 공사기간을 줄이는 만큼 업자와 인부에게 보너스를 주기로 약속했다. 원래 빡빡하게 잡은 공사는 단 반 시간의 빈틈도 없어졌다. 한 달에 겨우 두 번 휴일이 주어졌다. 해가 지면 소주와 낡은 텔레비전이 전부였다. 인부들은 휴대용 가스레인지에 돼지고기를 볶아 안주로 삼았다. 밤 시간을 때울 뾰족한 길이 없어 합판을 얽어 벽과 지붕을 만든 휴게실에서 쉬는 시간을 보냈다. 일당이 세서 좋긴 해도 술집과 낡은 다방도 없는 유배지 같은 곳일 줄은 몰랐다며 투덜댔다.

화투로 무료함을 달래기는 쉽지 않았다. 똑같은 얼굴에 화투 짝을 내려치는 손동작과 표정까지 늘 같아, 다음에 나올 패가 뻔히 그려지면서 손맛이 떨어졌다. 해가 지면 현장은 조용하고 움직임이 없는 무채색으로 변했다. 컨테이너 숙소와 휴게실의 공기는 딱딱하게 가라앉아 억지로 손을 휘젓지 않으면 굳어 버릴 것만 같았다.

호텔 층이 올라가자 인부들은 지겨움을 더 견디지 못했다. 고참이 트럭에 인부들을 태워 현장을 빠져나가 술집에 다니기 시작했다. 새벽에 벌겋게 달아올라 화장품 가루를 얼굴에 묻히고 돌아오는 즐거움은 잠시였다. 트럭이 논바닥에 처박히는 바람에 다리를 다친 인부들이 며칠 일을 못하게 되자 업자는 그런 일이 다시 벌어지면 한 달 치 노임을 몽땅 까겠다며 윽박질렀다. 그렇게 진저리나는 생활이 되풀이되자 인부들은 빨리 호텔 공사를 마무리 짓고 도시로 되돌아가고 싶어 했다.

막내 인부가 공구를 정돈하면서 색다른 시합거리를 끄집어냈다. 지루함이 목구멍에까지 차지 않으면 떠오르지 않을 기이한 발상이었다. 휴일에 틈을 내 막내 인부는 묵직한 돌을 가져와 연삭기로 모양을 다듬고 보온재로 쓰는 스티로폼 조각을 본드로 붙였다. 못 쓰는 옷가지를 감아 모양을 잡고 다시 스티로폼을 붙여 둥글게 만들었다. 트럭으로 야산 기슭에 옮겨 놓은 바위는 가볍지도 않고 무겁지도 않았다. 막내가 미는 바위가 야산 등성이에 올라섰다. 막내의 몸이 땀에 젖자 구경하던 다른 인부가 바위를 밀었고 이윽고 박 차례가 되었다.

바위를 미는 경험은 새롭고 묘했다. 평평한 곳에서 경사로 올라가자 바위는 탄력 있게 반동했다. 손에 잡히는 바위 껍데기는 보온재가 아니라 젊은 여자의 단단한 젖가슴 같았다. 박은 야산 정상을 향해 힘차게 바위를 밀었다. 밋밋한 정상은 가운데가 조금 솟아올라 있었다. 정상에서 바라보자 올라온 쪽의 반대편 경사에 작은 나무가 드문드문 자라 있었고 멀리까지 사람은 보이지 않았다.

막내가 내려가서 일행을 향해 손을 흔들었다. 박이 힘차게 아래로 바위를 굴렀다. 바위는 굴러가면서 작은 소나무에 부딪쳐 튀어 올랐다가 땅에 박혀 있는 진짜 바위로 떨어졌다. 충격을 받자 약한 스티로폼 껍질이 몇 조각 부서져서 흩어졌다. 겉껍질이 떨어져 나간 바위는 구르면서 속껍질을 싼 황색 테이프와 쑤셔 넣은 티셔츠를 휘날렸다. 헌 셔츠는 두 팔을 벌렸다가 구르는 속도에 놀라 팔을 오므렸다. 인부들은 바위가 구르는 모습을 보며 웃음을 참지 못했다. 마침내 바위는 나무가 몇 그루 모인 틈새에 고개를 처박고 꼼짝하지 않았다.

　인부들은 바위를 향해 걸어갔다. 산길은 바닥에 쌓인 돌가루와 굵은 모래로 인해 미끄러웠다. 인부들의 지겨움을 웃음과 함께 날린 바위는 격전을 치른 부상병 신세로 나무 사이에 누워 있었다.

　그들은 바위를 굴린다는 야릇한 게임에 흥미를 느껴 시합을 하기로 했다. 야산에서 오른쪽으로 도로를 따라 가면 산을 절개해서 호박 속처럼 파낸 채석장이 나왔다. 오른쪽 절개면은 맛난 곳만 파먹다가 내던져 버린 빵처럼 들쑥날쑥했다. 채석장이 문을 닫으면 해야 할 원형 복구 작업은 시늉뿐으로, 복원용 어린 나무와 잔디는 누렇게 말라 죽어 버렸다. 인부들은 입구 주변에 있는 돌을 가져와서 시합용 바위를 만들었다. 바위 중심에 들어가는 돌은 처음 막내가 만든 것보다 컸다. 인부 중 한 명이 아는 공장에서 바위를 감싸기에 좋은, 휘어지면서도 단단한 압축 스펀지를 가져왔다.

　시합용 바위의 크기는 조금씩 차이가 났다. 바깥에 스펀지를 붙이는 방식도 인부마다 달랐다. 그들은 바위에 꼼꼼하게 원형으로 스펀지를 대고 본드를 붙였다. 질긴 테이프를 가져와 스펀지를 단단하게 감고, 그 위에 다시 한 겹 더 스펀지를 붙여 공 모양을 만들었다. 업자는 인부들이 다칠까 염려하면서도 말리지는 못하고 상금과 술을 준비했다. 일곱 명이 참가한 시합은 바위

뽑기에서 시작했다. 바위는 표면에 암회색 스프레이를 뿌려 오래된 맛이 나는 외관이었다. 인부들이 산등성이를 쳐다보며 코스를 가늠하자 출발점엔 긴장감이 퍼졌다. 바위를 밀고 한 바퀴 돌면서 몸을 풀기도 했다. 재미있는 소일거리를 만들자며 시작한 시합이지만 인부들은 몸을 쓰는 일에 뒤처지면 자존심도 함께 다쳤다. 인부들이 고른 작업용 신발은 바닥이 땅에 잘 붙고 발등 부분이 튼튼했다. 그들은 이마에 머리띠를 매고 작업용 허리띠에 물통을 넣었다.

이번 바위는 쉽게 밀고 올라갔던 저번 바위보다 크고 무거웠다. 응원과 함성이 가득 찬 학교 운동장에서 어린 시절 청색과 백색 큰 공을 굴리기도 했는데, 그때의 속 빈 공을 떠올렸던 인부는 혼이 났다. 바위는 비틀대거나 지그재그로 오르다 다른 바위와 부딪히기도 했다. 앞이 보이지 않는데다 방향을 말해 주는 사람도 없어, 미리 어림해 놓은 코스로 방향을 잡기가 쉽지 않았다. 호각을 목에 걸고 붉은 깃발을 손에 든 사람 세 명이 양 옆과 앞에서 인부들을 따라갔다.

야산 기슭은 구르는 바위 소리와 고함으로 넘쳤다. 비스듬히 경사를 따라 굴리자 자갈이 탁탁 튀었다. 완만한 경사에 닿자 바위 속도가 느려졌다. 비처럼 흘러내리는 땀이 눈으로 들어와 시야가 흐릿해졌다. 인부들은 바위에 밀리자 장갑 긴 손으로 눈을 훔치면서 투덜거렸다.

박은 소란스러운 인부들을 뒤로 하고 바위를 굴려 나갔다. 바위가 오랜만에 만난 친구처럼 느껴졌다. 인부 한 명이 박의 뒤를 바싹 따라왔다. 인부들 중에서 제일 힘이 좋은 사람이었다. 박은 쉬지 않고 허벅지와 팔을 움직여 암회색 바위를 밀었다. 숨이 거칠어지고 아랫배가 빠르게 불룩거렸다. 경사도를 낮게 잡아 비스듬히 돌아가면서 굴려야 했는데, 멈추었다 다시 굴리려면 곱절이나 힘이 들었다.

박은 바위가 납작한 돌을 자그락거리며 깔고 지나가는 소리에 황홀하게 빨려들었다. 신발이 자갈을 밟는 음과도 서로 리듬을 맞췄다. 이상한 일이었다. 그 소리가 일상에서 듣는 소리와 별 다른 차이가 있을 성 싶지 않았다. 그런데도 왜 몸을 편안하게 하는지 박은 귀를 기울였다. 소리는 귀로 들어왔다기보다 구르는 바위를 통해 온몸으로 전해졌다. 바위가 구르는 소리는 깊은 곳에 잠들어 있던 박의 옛 기억을 따라갔다.

뒤엉킨 햇빛 속에서 어린 시절 속 해변이 나타났다. 박은 파도가 씻어 내는 해변의 자갈소리를 들으며 서 있었다. 둥글게 다듬어진 자갈들은 서로가 부딪히면서 한숨 쉬거나 부드러운 노래를 불러 주었다. 친구와 해변에서 놀면 자갈이 파도에 구르는 소리가 자르륵 퍼졌다. 소리는 해풍과 강렬한 햇빛을 함께 담아 움직였다. 자갈은 어린 박에게 조곤조곤 이야기를 나누고 싶어 했다. 저녁노을이 바다에 퍼지면 자갈은 말이 많아지고 공기를 술렁이게 했다.

박은 돌이 많고 메마른 야산 경사를 힘들여 움직이는 게 아니라, 해변을 따라 자갈 소리와 더불어 걷고 있었다. 그는 자신에게 퍼지는 몽상적인 감각에 몸을 맡겼다. 파도가 일으키는 흰 거품 속에서 자갈이 속살대는 소리가 몸 안에서 자라났고 뒤이어 감각신경을 올라와 머리를 채웠다.

박이 섬을 떠나면서 자갈이 소리를 들려주는 기쁨은 끝이 났다. 막일을 하면서 박은 바닷소리를 잊어버렸다. 공사장에서 만나는 자갈은 바닥을 긁는 소리를 내며 콘크리트 타설작업에 휩쓸려 들어가곤 했다. 그는 무뚝뚝해졌고 세상에 별다른 관심을 보이지 않았다.

박을 쫓아가던 인부는 추격을 포기하고, 쉼 없이 오르는 그를 어이없다는 듯 쳐다보았다. 끝으로 뒤쳐진 인부는 바위를 멈추고 고개를 내밀어 지켜보았다. 박이 야산 꼭대기 가운데로 바위를 몰아넣자 바위는 흔들리면서 균형을 잡고 섰다. 박의 속도에 감탄한 인부들이 떠들었다.

매일 바위를 밀어 올렸다던 신화 속의 그 사람 같지?

시지포스라고 했나? 시지푸수였던가, 이름이 맞는지 모르겠어.

시시포스로 듣지 않았나? 이름이 뭐, 중요하겠어?

박은 야산 정상을 오른 다음 날부터 앓기 시작했다. 몸에 열이 오르다가 갑자기 식더니, 다시 열이 오르며 오른쪽과 왼쪽 고관절이 번갈아 아리고 쑤셨다. 어깨 관절이 뻣뻣해져 팔을 돌리기 어려웠다. 박은 숙소 구석에서 신열에 들떠 누워 있었다. 얼굴이 헛헛하게 달아올라 타는 것처럼 느껴졌지만 손을 대면 차가웠다. 동료는 박의 이마에 손을 올려 보고 너무 뜨거워 열병이라고 짐작했다. 그러나 잠시 후에 박의 발을 만져 보고는 너무 싸늘해 심장에 문제가 생기지 않았나 의심하기 시작했다. 바위가 박과 함께 호흡이 맞아떨어지면서 생기는 쾌감이 되살아나기라도 하면, 누워 있던 박은 숙소를 빠져나와 들뜬 눈으로 야산을 돌아다니며 달아오른 몸을 식혀야 했다.

업자에게서 박의 이야기를 듣고 오 사장은 별일도 다 있다면서 허허 웃었다. 업자가 말했다. 인터넷에 별별 사건이 올라오지요. 이번 일을 인터넷에 띄웠으면 재밌었을 겁니다. 그 순간 오 사장의 머리에서 사업모델이 반짝였다. 그것은 호텔 앞에서 바위를 굴리는 시시포스였다. 영원히 바위를 굴리는 형벌을 받은 시시포스는 관광객 모두에게 먹힐 퍼포먼스였다. 시내에서 떨어져 존재감이 떨어지는 호텔을 한 번에 띄울 좋은 이슈였다.

그는 건설업자와 박을 함께 불렀다. 박은 오 사장보다 머리 하나가 큰 키에 건장한 체격이었다. 오 사장은 업자에게 박의 일당이 얼마인지 묻고 박에게 말했다.

지금 받는 일당에 절반을 더 얹어 주겠네.

박이 이유를 물었다.

이유라? 자네는 돈을 벌고, 나는 바위가 올라가는 모습이 즐거우면 되지 않나? 무슨 이유가 더 필요한가?

박은 오 사장의 제안에 고개를 끄덕였다. 나쁜 제안은 아니었다. 높은 일당을 마다할 이유는 없었다. 그가 박에게 다짐을 받았다.

일을 시작하면 제법 오래 해야 하네.

오 사장은 하루에 한 번, 오전에 바위를 굴리도록 결정했다. 휴일은 없었지만 다른 조건도 없었다. 규칙적이고 반복하는 굴림. 이것이 사장의 요구였다.

박이 바위를 굴린 것이 오의 요구 때문만은 아니었다. 바위를 굴리며 느낀 희열은 박의 심장에 박혀 도무지 빠져나오지 않았다. 여전히 박의 귀에서는 자갈이 자그락대며 부딪치는 소리가 맴돌았다. 박은 자신을 부르는 소리에서 벗어나려고 했다. 소리에서 벗어나려고 할수록, 소리는 박을 사로잡고 놓아주지 않았다. 부싯돌로 변한 바위는 끊임없이 박의 심장을 그어 대었다.

시합에서 바위를 굴리던 아찔한 경험을 되새기자 박은 자신과 바위가 커다란 암석 하나에서 쪼개져 나온 것이 아닐까 하는 착각에 빠졌다. 박이 꼭대기 아래서 한껏 힘을 쓰고 있으면, 자신이 바위를 굴려 올린다기보다 바위가 자신을 끌고 오른다는 환상에 빠져 들기도 했다.

박은 채석장에서 구한 돌을 둥글게 깎아 압축 스펀지를 정성 들여 붙였다. 푸른색 스펀지를 입은 바위는 날렵해 보였다. 겉보기와 달리 중심이 무거워서 굴리기가 만만찮았다. 바위는 야산을 오르면서 중력을 받아 점차 무거워졌다. 박은 바위가 내려오는 것을 발로 버티며 손바닥에 감기는 촉감을 즐겼다. 꼭대기로 오르기 직전에 손에 닿는 느낌은 그곳까지 끌고 올라온 무게만큼이나 묵직했다. 정상 아래에 서면 몸속에 든 마지막 한 방울 기운까지 말라 버렸다. 정상 직전에서는 바위가 한층 더 무거워지고 더 오를 곳이 없으면 놀랄 만큼 가벼워졌다.

박은 호텔 현장에서 멀지 않은 곳에 새 숙소를 구했다. 문을 닫아 흉물로 방치된 모텔 벽에 각목과 판자로 기둥과 지붕을 세워, 사람과 바위가 들어갈 공간을 만들었다. 현장 인부들은 날이 희붐하면 질긴 청색 작업복을 입고 바위를 굴려 올리는 박을 볼 수 있었다. 박은 바위를 세우거나 강하게 혹은 약하게 밀어 올려야 할 곳을 정확하게 분간했다. 그는 곧 올라가는 코스의 어디쯤에서 얼마만큼의 힘을 주면 잘 올라가게 되는지를 훤히 알 수 있게 되었다. 그는 계속해서 새로운 코스를 개척했다. 산과 바위결이 딱 맞아 떨어지면 손가락 하나로도 바위는 중심을 잡고 꼿꼿하게 서 있었다.

지방도로를 달리는 운전자들이 산 위로 청색 바위를 밀어 올리는 남자의 모습을 보았다. 그들은 잘못 보았나 하며 속도를 늦추고 뒤돌아보았다. 차를 산기슭에 대고 가까이 다가갔다면 아마 머리칼이 어깨까지 내려오고 수염이 덥수룩한 남자가 눈에 들어왔을 것이다. 남자를 지나치면 아무런 경치가 없는 곳에 세우는 호텔이 나타났다. 운전자들은 연거푸 나오는 낯선 광경에 고개를 갸우뚱했다.

오 사장은 적절한 시간에 박을 알릴 기회를 고민했지만 드러내놓고 하는 홍보 방식은 마땅찮았다. 그렇다고 우연에 맡겨 퍼포먼스가 알려지길 무한정 기다리기에는 시간이 부족했다. 호텔은 하루가 다르게 모양을 갖춰 나가고 있었던 것이다. 그러던 차에 기회는 엉뚱한 곳에서 굴러들어 왔다.

그날 밤에 박은 잠을 깼다. 바위를 굴리면서부터는 베개에 머리를 올리자마자 깊은 잠에 빠졌었다. 고역을 마치면 기억은 숨이 죽었고 편안했다. 몸부림도 치지 않아 누운 자세 그대로 일어나기 일쑤였다. 한밤중에 눈이 뜨이자 무엇 때문에 깼는지 조심스레 주위를 둘러보았다. 수런대는 목소리가 들리고 폐허가 된 모텔 문이 삐걱대었다.

박은 살그머니 오두막을 빠져나와 모텔 정면으로 돌아갔다. 랜턴을 들고 배낭을 멘 젊은이들이 모텔 안으로 조심스럽게 들어가는 모습이 보였다. 회원들은 짓다 만 건물, 부도난 리조트, 망해 버린 상가 따위를 찾아다니며 사진을 찍었다. 그런 건물들은 온기 도는 건축물에서는 받지 못할, 기묘한 느낌과 환상을 가져다주었다. 랜턴 불빛은 찢겨진 복도 카펫과 거미줄에 걸려 너덜너덜하게 마른 곤충을 스치며 지나갔다. 젊은이들은 비틀어지고 틈이 벌어진 계단을 올랐다. 컴컴한 복도를 울리는 발소리에 맞춰 랜턴 빛이 흔들리며 커다란 그림자를 만들었다.

야밤에 폐가를 답사하는 동호회 회원들은 복도를 따라 난 방을 하나씩 배정받았다. 박은 벽에 몸을 붙이고 마지막으로 방에 들어간 여자 뒤를 따라붙었다. 여자는 집기를 빼내 휑한 방을 살피고는 욕실로 들어섰다. 가장자리가 부서진 욕조는 바짝 말라 먼지가 쌓여 있었다. 박은 문 옆에 붙어 욕실에서 나오는 여자를 지켜보았다. 여자는 사진기로 욕실 전경을 찍고, 방 안쪽으로 돌아서서 출입문을 향해 렌즈를 맞췄다. 박을 향해 플래시 불빛이 번쩍였다. 여자가 수상한 기미를 눈치챘는지 문 옆으로 랜턴을 돌렸다.

랜턴이 툭하고 떨어졌다. 여자의 비명은 높고 길었다. 바닥에 떨어진 랜턴에서 둥근 불빛이 동심원으로 뻗어 나와 박을 감쌌다. 다른 방에서 호각 소리가 들리고 여자의 방으로 사람들이 몰려들었다. 여자는 주저앉아 고개를 숙인 채 꼼짝 못했다. 리더로 보이는 남자가 다급하게 괜찮으냐고 여자에게 물었다. 남자가 랜턴을 돌리다 문 옆에 멈추고는 마찬가지로 높고 긴 비명을 질렀다.

남자의 비명은 또 다른 비명을 몰고 왔다. 그들은 한데 엉켜 부들부들 떨기 시작했다. 제멋대로 자란 수염과 머리칼에 허름한 옷을 입은 박이 그들 쪽으로 발을 떼자, 랜턴 불빛으로 걸음을 막기라도 할 것처럼 하얀 불빛이 한꺼번에 쏟아졌다. 박은 불빛을 피해 눈을 가리고 한참을 서 있었다.

동호회 회원들은 박이 사는 움막과 가스버너와 냄비를 보고서야 박을 사람으로 인정하는 분위기였다. 그제야 그들은 폐가에서 유령을 본 두려움에서 벗어나 벽을 툭툭 치며 냄비를 흔들어 보았다. 리더는 움막 안에 자리 잡고 있는 청색 바위를 궁금해했다. 바위를 가볍게 밀어 보고 바위가 꿈쩍도 하지 않자 놀라며 다시 밀어 보았다. 박이 그 바위를 야산 정상으로 밀어 올린다는 말에 리더는 입을 크게 벌렸다.

리더가 야산 정상에 나타났다. 정상으로 오르던 박은 꼭대기에서 리더의 늘어진 그림자부터 먼저 맞닥뜨렸다. 코스는 정상에 가까워질수록 여러 갈래로 나뉜 기슭과 달리 단순해졌다. 박은 꼭대기 밑의 평평한 자리에 바위를 세우고 두꺼운 어깨로 받치며 숨을 골랐다. 단숨에 바위를 밀어 올리기에 적당한 곳이었다. 달아오른 바위산이 후끈 열기를 내뿜었다. 이마에서 눈으로 끊임없이 땀이 흘러내려 박의 시야를 가렸다. 손까지 땀으로 흠뻑 젖어 하마터면 손에서 바위가 미끄러질 뻔했다. 박이 힘을 주어 바위를 밀자 박을 비췄던 리더의 그림자가 비켜섰다.

박이 정상 가운데로 바위를 굴리자, 리더는 재빨리 박에게로 건너와 그의 뒤쪽에 섰다. 중앙에 놓은 바위에서 박이 손을 떼자 리더는 급히 두 걸음을 물러섰다. 바위가 가볍게 흔들리자 리더는 작은 눈을 깜빡거리면서 박 옆으로 붙었다. 그러고는 달아날 곳이 없는지 주위를 둘러보았다. 폐가에 익숙해 있는 리더는 햇빛을 받자 창백히 질린 얼굴이었다.

바위가 굴러가는 경로에는 사람이 보이지 않았지만, 박은 바위를 굴리기 전에 늘 하던 대로 호각을 불고 붉은 깃발을 흔들었다. 바위가 아래를 향해 속도를 내자 곧 먼지구름에 휩싸여 조그맣게 줄어들었다. 리더가 박의 사진을 찍겠다고 했다. 박이 대꾸를 하지 않고 내려가자 리더는 박의 뒤를 따라가며 끈질기게 박을 설득했다.

리더는 무릎과 팔꿈치에 두꺼운 천을 대고, 박이 가는 길을 따라서 포복하거나 무릎을 대고 앉아 아래에서부터 구도를 잡았다. 그는 아래에서 위를 올려다보는 사진만 찍었다. 바위가 다가서면 무릎걸음으로 재빠르게 물러서며 셔터를 눌렀다. 그럴 때면 리더의 옷은 먼지로 범벅이 되었다.

박과 리더는 나란히 멈추어 선 바위를 향해 걸었다. 길 위에 뿌연 돌가루가 쌓여 바람을 타고 날아다녔다. 리더가 손으로 입을 막고 기침을 했다. 내려오면서 온 힘을 쓴 바위는 시무룩했다. 박이 바위에 손을 얹고 밀자 리더가 수첩을 꺼내 바위의 크기와 속도를 계산해 적었다. 바위가 부서지면 일을 그만둘 건가요? 리더가 물었다. 박은 그만둔다는 말이 무척 낯선 단어로 들렸다. 박에게 있어 바위가 자갈 소리를 내며 반복되는 노동은 영원히 계속될 것처럼 느껴졌다.

'시시포스 환생하다'라는 제목의 사진과 글을 리더가 인터넷에 올리자 삽시간에 퍼져 나갔다. 사진 속에서 바위와 마주 서 있는 박은 깊은 고민을 안고 있으면서도 힘이 있어 보였다. 스마트폰을 통해서도 박의 사진은 빠르게 전파되었다. 트위터에서는 '시시포스 같은', '시시포스를 닮은' 따위의 말이 떠돌아다녔다. 조작된 사진이라는 반론이 잇따랐고 저 정도 바위라면 무게가 얼마 정도이며 경사에 따라 토크와 힘이 어느 정도가 되어야 가능하다는 등의 물리학적 지식을 사용한 글도 올라왔다. 바위와 시시포스의 정체가 정확하게 밝혀지지 않고 왜 바위를 미는지 동기도 분명하지 않아 인터넷에서는 온갖 추측이 뒤따랐다. 추측과 독설에 힘입어, 바위를 굴리는 시시포스의 이미지는 구름에 휩싸인 신비한 영웅에서 사기꾼까지 다양하게 변모했다.

누군가는 시시포스를 두고 작은 바위에 두툼한 스펀지를 둘러싸서 쇼를 하는 사기꾼이라고 비난했다. 압축스펀지로 싼 바위가 땅에 닿으면 가볍게 튀어 오른다는 주장이었다. 리더와 폐가동호회 회원들은 자신들도 바위를 쉽게 밀 수 없었다며 시시포스를 사기꾼이라 비난하는 이들과 맞섰다. 시시포스는 광신도이며 그가 굴리는 바위는 영원히 짊어져야 하는 현대판 십자가라는 설이 유력하게 퍼지기도 했다. 어떤 사람은 공기총으로 아내를 살해한 자가 속죄하는 의식이라고도 했고, 여아를 성폭행하고 스스로를 거세한 자가 자신을 징벌하는 행동이라는 설도 나왔다. 모험적인 운동을 하며 극단적인 쾌감을 즐기는 익스트림 스포츠 마니아라는 이야기도 많았다. 리더는 온갖 설에 대해, 시시포스가 바위를 미는 동기는 알 수 없으며, 오직 시시포스만이 그 답을 알고 있다고 논쟁을 혼돈에 빠뜨렸다.

호텔로 가는 도로에 승용차가 늘어났다. 망원경으로 박을 살펴보는 사람들도 있었다. 오 사장은 사고를 막는다는 핑계를 대며 재빠르게 산기슭에 경계선을 쳐 방문객들의 접근을 막았다. 운전자들은 바위가 굴러도 닿지 못하는 경계선 바깥에서 박을 쳐다보고 박수를 보내기도 했다. 오 사장과 친한 사업가 부부가 산기슭의 박 옆에까지 구경 와 자세히 박을 관찰했다. 대단한 사람이야, 꾸며 낸 이야기가 아닐까 의심했는데 말야. 부인이 박의 벌어진 어깨와 단단한 근육에 눈길을 주었다. 정말이에요. 하루도 쉬지 않았다니까요. 신화 속 시시포스가 인간으로 나타난 것만 같아요.

구경꾼이 몰려들자 박은 더 이상 자갈 구르는 소리를 들을 수 없었다. 산기슭에서 바위를 붙잡아도 흥이 나지 않았다. 구경꾼들은 멀리서 고함을 지르며 박을 향해 휘파람을 불었다. 박은 무리 지어 박수를 치는 그들을 배경으로 묵묵히 바위를 올렸다. 바위를 처음 굴리던 벅찬 감정은 어디로 사라졌는지 이제는 점차 희미해졌다. 박은 정상 아래에 있는 터에 바위를 세워 얼굴을 기대고는 오랫동안 서 있었다. 갑자기 박은 이 모든 일이 역겨워졌다. 그는 마지못해 바위를 정상으로 밀어 올렸다. 바위가 너무 무겁게 느껴져 거의 쓰러질 뻔했다.

중절모를 쓴 화가가 팔레트를 들고 산기슭에 나타났다. 화가는 직선을 사용해 야산과 맞지 않는 강한 산세를 그렸다. 그는 그림에서 온몸이 근육덩어리인 남자로 박을 묘사했다. 정작 지나가는 박은 화가를 거들떠보지도 않았다. 튜브에서 물감을 짜내 그대로 찍어 붙인 느낌의 하늘은 금방이라도 폭우가 내릴 듯 침침했다. 하늘을 덮은 구름 사이로 한 줄기 밝은 햇살이 비쳤다. 시시포스는 그림 속에서 고통에 찬 손으로 올라가기를 거부하며 꿈쩍도 하지 않는 바위를 밀고 있었다. 시시포스는 곧 주저앉아 무너지고 말 듯한 모습이었다.

또 다른 그림 속에서 시시포스는 붉은 구름을 배경으로 도중에 굴러 떨어지는 바위를 보며 낙담했다. 바위 형태는 페인팅 나이프로 간결하게 처리되어 있었다. 시시포스는 지치고 슬퍼서 금방이라도 울음을 터뜨릴 것 같은 표정으로 굴러 내려가는 바위를 붙잡으려 한 손을 치켜들었다. 화가는 시시포스가 하늘을 향해 저주하는 눈빛을 보내는 모습에서 흰색 물감을 빳빳한 붓에 찍어 등과 상체에 듬뿍 덧발랐다. 시시포스의 등과 상체에 비친 하얀 빛은 그림 속의 검은 하늘빛과 대조를 만들었다. 바위를 미는 팔은 흐릿하고 얼굴에는 두껍게 음영을 넣었다. 핏빛이 섞인 검은 하늘에는 독수리가 날았다. 시시포스의 눈빛은 이번이 마지막 작업이 되기를 바라는 마음으로 간절했다.

무명화가는 급조한 시시포스 그림에다 지하방에 처박아 둔 자신의 그림을 덧붙여 '시시포스여, 너는?'이라는 전시회를 열었다. 전시회는 대성공을 거두었고 텔레비전 오락프로그램에도 방영되었다. 오 사장은 화가에게서 200호 유화를 사서 호텔 1층 로비에 걸어두었다.

눈치 빠른 부동산업자가 폐가로 변한 모텔을 사들여 개조했다. 외벽을 흰색으로 칠하고 시시포스가 다니는 야산을 볼 수 있도록 베란다를 달아내었다. 모텔 정문에는 실물 크기의 바위를 만들고 그 앞에 로댕의 생각하는 사람을 흉내 낸 모조 동상을 놓았다. 받침대 위에 턱을 괴고 걸터앉은 사람은 바위를 쳐다보며 이 소동이 언제 끝날지를 고민하는 얼굴이었다. '시시포스 모텔'은 어둠이 짙어지면 커다란 네온사인을 번뜩였다.

시시포스 열풍이 번져 나가자 어떤 언론학자가 이를 두고 '시시포스 현상'으로 이름 붙였다. 한 저명인사는 신문 칼럼에서 '시시포스 현상'을 의미 없어 보이는 일에 최선을 다하면 새로운 가치가 태어나는 현상으로 해석하기도 했다. 그는 자신에게 이득이 되거나 의미 있는 일에만 집착하는 현대 조류에 대하여 그 반작용이 시작되었다고 단언했다. 현대의 거인족이 탄생했다는 시각도 있었다. 새로운 거인족은 자신의 한계를 돌파하려고 시도하면서 왜소하고 연약한 인간의 몸과 사고방식을 넘어선다는 것이었다. 경영학자는 새로운 경영자상으로 현상에 만족하지 않고 끊임없이 이상적인 목표를 향해 나아가는 거인족을 제시하고, '거인족 경영'이라는 신조어를 함께 내놓았다. 신문에 칼럼을 자주 써내는 대학총장은 이를 나약해지는 신세대에 경종을 울리는 것으로 분석했다.

오 사장은 건물 준공을 앞두고 뜻하지 않게 벌어진 경사에 더할 나위 없이 기분이 좋았다. 광고 효과는 돈으로 계산하기가 어려웠다. 사장은 호텔 1층 옆에 가건물을 꾸며 박을 묵게 했다. 여태까지 인부들을 먹였던 트럭 식당차 대신에 현장식당을 열어 지나가는 손님을 받았다. 화가가 만든 시시포스 그림은 식당에도 걸렸다. 오 사장은 준공식을 겨냥해서 대형 이벤트를 준비했다. 전문업체에 자문을 구해 인상적인 장면을 만들어 중국 언론과 인터넷 포털 업체에도 보내기로 했다.

박이 바위만 계속 굴리면 객실 점유율은 꿈의 숫자인 90퍼센트를 넘어갈 수도 있을 것 같았다. 오 사장은 지배인이 매일 허리를 숙이며 죄송합니다만 방이 다 찼습니다, 말하는 광경을 상상했다. 그리고 흥분해서 의자에서 일어나 사무실을 한 바퀴 돌기 시작했다. 그는 아예 야산을 사서 꾸미는 방안이 없을까 하는 생각까지 하게 되었다. 오 사장은 도의 재산관리 담당을 만나 야산 점유 계약을 체결했다. 그는 야산에 펜스를 만들되, 도에서 요구하면 바로 철거하기로 약정했다. 점용료는 빳빳한 현금으로 미리 지불했다. 재산담당관은 아무 짝에도 쓸모없는 야산에 펜스를 친다니 뭣하는 짓이지, 하는 미심쩍은 얼굴로 점용 허가를 내주었다.

오 사장은 호텔에서 잘 보이는 곳에 펜스를 치니 그 길을 따라 바위를 굴려야 한다고 박에게 통보했다. 야산 비탈을 먹어치우는 펜스는 빠르게 올라왔다. 산의 한 면을 따라 정상으로 향한 펜스가 구불구불 이어졌다. 내려가는 길 쪽의 펜스는 지그재그로 만들어졌다. 꺾이는 곳에는 쇠기둥을 박고 충격을 흡수하는 재질로 보강재를 덧대었다. 바위는 오른쪽과 왼쪽으로 번갈아 놓인 경사 길에서 정해진 속도를 넘지 못했다.

박은 자신과 바위를 정해진 코스에 가두려는 펜스를 보자 몸에서 힘이 쭉 빠져나갔다. 박은 산등성이에 펜스가 올라가면서부터 바위에 진저리가 났다. 펜스 근처로 가자 오싹 소름이 끼쳤다. 그 감정은 번개처럼 가슴을 흔들었다. 바위를 굴리는 일이 지긋지긋한 고역으로 느껴진 것이다. 시시포스가 펜스 없는 쪽을 가늠하며 바위를 붙잡았다. 바위를 미는 손바닥에 경련이 일었다. 그는 손바닥을 두드리며 다시 산을 점령한 펜스를 쳐다보았다.

펜스 공사가 진척되면서 야산 앞 호텔 층수도 함께 올라갔다. 잿빛 산과 대비되는 붉은색 건물은 그다지 높지 않아 진척이 빨랐다. 짓고 있는 호텔에서는 펜스를 친 길이 잘 보였다. 호텔 앞

기슭에는 면 재질로 만든 그물을 깔아 흙을 덮고 그 위로 그물을 올렸다. 흙이 흘러나가지 않도록 보강재를 쌓고 풀과 꽃을 심었다. 푸른색이 건물을 둘러싼 산기슭에서 점점이 번져 나갔다. 건물 앞에는 바위가 굴러오는 사고에 대비해 보기 좋게 디자인한 충격 저지 시설을 둘렀다.

멀리서 보면 야산에 덩그렇게 깔린 펜스는 마치 드라마를 찍으면 곧 철거될 세트를 닮았다. 그러나 펜스에 가까이 다가간 사람들은 펜스의 묵중하고 단단한 재질에 놀랐다. 나무가 거의 없는 야산에 단단하게 올린 펜스는 멀뚱하게 보였고 야산과 아귀가 맞지 않아 억지로 끼워 넣은 문짝 같았다.

박은 오 사장에게 일을 그만두겠다고 말했다. 얼굴이 벌겋게 달아오른 사장은 박이 한 약속을 상기시켰다. 그러면서 즉석에서 박의 일당을 두 배로 올렸다. 박은 요지부동이었다. 박의 고집이 여간 아니라서 오 사장은 업자를 불러 함께 박을 설득했다. 관광객이 들어오고 나서 당분간만 바위를 굴리면 끝난다는 말로 회유했다. 하지만 박에게 당분간이라는 기간은 모호했다. 박에게는 모호한 당분간이 마치 영원처럼 느껴졌다. 오 사장은 박이 떠나면 업자와 인부를 몽땅 자르겠다고 위협했다. 업자는 애원의 눈길을 박에게 던졌다. 박은 눈을 감았다.

그날 이후, 바위를 굴리는 방식이 달라졌다. 박은 바위를 학대하려고 작정한 것처럼 보였다. 땅과 부딪히고 돌가루를 뒤집어쓰면서 회색으로 변한 바위에서 본래의 청색깔은 얼룩으로 남았다. 그는 바위를 무릎 위에 올려 일으켜 세우고는 숨을 몰아쉬었다. 바위를 가슴 앞에 놓고 수직으로 밀어 올렸다. 바위는 이런 방식으로 꼭대기까지 올라간 적이 여태껏 없었다. 바위는 수직 코스에 맹렬하게 저항하면서 박의 턱과 가슴을 찍어 눌렀다. 숨이 막힌 박도 바위를 몰아붙였다. 눈을 부릅뜨며 반 발자국씩 바위를 위로 올리고, 삐죽 경사가 튀어나온 자리는 옆으로 난 파인 곳으로 돌았다. 울퉁불퉁한 곳이 나타나면 힘줄이 튀어나오고 솟은 땀이 온몸을 타고 흘렀다. 다리와 팔의 힘이 부치면 바위는 박의 손을 뿌리치고 등을 타 넘어 굴러 떨어질 태세였다. 바위가 박의 가슴팍을 치고 옆구리로 빠져나갈 뻔해 박은 무릎을 꿇고 바위를 안았다. 이를 악물고 거친 숨을 내쉬면서 바위를 붙잡은 박은, 화가가 그린 시시포스 모습을 닮아가기 시작했다.

경계선 바깥에서 망원경으로 그 모습을 바라보던 사람들은 탄성을 쏟았다. 도저히 믿지 못할 광경이라고 고개를 흔드는가 하면 아이들은 좋아서 펄쩍펄쩍 뛰었다. 망원렌즈로 찍은 박이 야산을 수직으로 오르는 사진은 또 한 번 인터넷을 뜨겁게 달구었다.

호텔 준공식은 성대한 의식으로 준비되었다. 산중턱에서 시작하는 펜스도 완성되었다. 식장에는 커다란 연단이 만들어졌다. 사장은 준공식을 위해 앙상블 악단을 부르고 정치인과 지역유지들을 초청했다. 주말에 '시시포스 현상'을 보도할 방송이 준공식장을 촬영하기로 했다. 사장과 프로듀서, 행사 진행자가 만난 자리에서 프로듀서는 보완 사항을 말했다.

바위에 청색 얼룩이 나타나서는 곤란합니다. 이질감이 느껴져요. 요새 화질이 좀 좋습니까? 화면에 바위 하면 떠오르는 질감이 잡혀야 합니다.

사장은 프로듀서와 의논해 석조업체에서 바위를 만들어 오기로 결정했다. 포크레인으로 일 톤이 넘는 바위를 옮겨 산기슭 평평한 곳에 올려놓기로 의견을 모았다. 시시포스는 그 바위를 미는 시늉만 하면 됩니다. 카메라가 최대한 효과적인 각도를 잡습니다. 미리 땀에 젖은 모습으로 준비하는 게 좋겠군요.

준공식은 오전 열 시에 열렸다. 호텔 주변에 입간판이 서고 깃발이 펄럭였다. 큼지막한 포스터가 식장을 덮었다. 포스터를 만든 디자이너는 간결한 선으로 산을 처리하고 굵은 주름과 강렬하면서도 슬픈 눈동자로 시시포스를 단순화했다. 시시포스의 상체를 그린 선은 힘찼지만 붉은 기운이 도는 바위가 포스터의 전체적인 분위기를 압도했다. 식장까지 가는 길에 늘어 서 있는 깃발에는 헐벗은 잿빛 산 아래로 바위가 우뚝 서 있었다. 사장은 산과 바위를 잘 드러내는 호텔 엠블럼을 제작하는 중이었다.

악단이 시시포스의 힘과 의지를 나타내는 곡을 연주하기 시작했다. 콘트라베이스가 낮게 음을 까는 곡은 사뭇 장중했다. 마치 귀중한 보석인 양 굴착기가 삽날에 안고 옮긴 바위는 산등성이 평평한 자리에 고정되었다. 사장은 잘생긴 바위를 흐뭇하게 바라보았다. 시시포스에게는 잘 다듬은 하얀 바위가 뒤틀리고 괴이하게 보였다. 매끄럽지만 무섭도록 억지스런 조화였다. 사장이 바위에 둘러친 진홍색 리본을 벗기고 시시포스의 등을 두드렸다.

프로듀서가 큰 목소리로 연출 내용을 말했다. 다양한 포즈로 바위를 붙잡고 애를 쓰는 장면입니다. 먼저 두 손으로 바위를 미는 모습입니다. 프로듀서가 두 손으로 바위를 잡고 한쪽 무릎을 굽히며 시범을 보이자 조명등과 반사판을 든 촬영 스태프가 뒤로 물러났다.

멀리서 악단 연주가 들려왔다. 시시포스는 행사장이 있는 아래쪽을 둘러보고 바위를 붙잡았다. 그는 그동안 이 야산을 몇 번 올라왔는지 기억을 더듬었다. 그 모든 일들이 이제는 겹치고 겹쳐 한 번의 일처럼 느껴졌다. 바위가 굴러간 코스는 머리에서 하나의 긴 궤적으로 나타났다. 그는 단 한 번 밀어 올렸고 바위는 한 번 굴러 떨어졌다. 궤적은 유성처럼 반짝 빛났다가 긴 꼬리를 남기며 희미해졌다.

시시포스는 바위에 손을 깊게 박고 힘껏 바위를 밀어 올렸다. 프로듀서와 사장의 입가에 만족스런 웃음이 흘렀다. 프로듀서가 이제 다른 포즈로 갑니다 하고 외쳤다. 시시포스는 다리와 팔에 더 힘을 주었다. 바위는 천천히 첫 발을 떼고 평지를 굴러가기 시작했다. 당황한 촬영기사가 카메라를 어깨에 메고 쫓아갔다. 사장과 프로듀서는 어 어 외마디 소리를 내며 멍하니 서 있었다. 바위는 둔중하게 나아가다 속도가 붙자 탄력을 실어 경사에 바짝 붙어 올라갔다. 경사에서 정지한 바위는 시시포스와 팽팽하게 균형을 맞췄다. 다리가 뒤로 밀리고 힘이 부친 시시포스의 팔이 부들부들 떨렸다. 무릎이 꺾여서 주저앉자 시시포스를 압도한 바위가 그의 몸을 타고 넘기 시작했다. 촬영기사는 한 손을 들고 눈을 크게 뜬 프로듀서를 넘겨다보면서 우물쭈물 카메라를 돌렸다. 쓰러진 시시포스의 뼈가 뚝 하더니 우지끈 부러지는 소리가 났다.

시시포스의 눈이 바위를 비켜 푸른 하늘을 향했다. 구름 흐르는 하늘을 누워서 바라본 지 너무 오래되어 낯설기만 했다. 해변에 누워 구르는 자갈 소리를 들으며 햇빛을 담뿍 받던 기억이 되살아났다. 밤의 해변에서는 발가벗은 작은 몸을 별빛이 흠뻑 적셔 주었다. 그는 희미해지는 구름에 자신의 모습이 비치는 걸 본 것 같았다. 내장을 거쳐 정수리까지 시원한 바람이 그의 온몸을 뚫고 지나갔다.

사장이 팔을 흔들며 장비를 부르자 기사는 화면에 잡히지 않도록 산등성이 아래로 치워 놓은 굴착기를 향해 재빨리 뛰어갔다. 바위가 포스터 그림처럼 단순하고 간결하게 시시포스를 넘어서며 속도를 내기 시작했다. 고함소리가 퍼지면서 음악이 뚝 그쳤다. 악단이 흐트러지면서 연주자들은 비명을 지르고 도망갔다. 악기들이 발에 채이면서 뒹굴었다. 바위는 무시무시한 속도로 악단을 습격해, 내팽개쳐진 콘트라베이스와 바이올린을 부수고 연단을 향해 돌진했다. 연단은 바위에 튕겨 허공으로 날아갔다.

바위는 연단을 장식한 대형 포스터를 껴안고 호텔 로비를 향해 달려갔다. 통유리창을 단숨에 날린 바위는 프런트를 박살 내고서야 겨우 멈추었다. 로비 벽이 갈라지면서 그림을 건 한쪽 못이 떨어져 나갔다. 그림이 빙그르르 회전하며 그림 속 시시포스가 벽을 부순 바위를 내려다보았다.

밤, 마주치다

박관수 시장은 마지막 결재 서류에 서명을 끝내면서 파일을 닫았다. 노인대학으로 출발하기 10분 전이었다. 바쁜 오후 일정이 시장을 기다렸다. 노인대학 개강식에 들렀다가 행사 두 곳에 참석해야 한다. 그 다음 서둘러 승용차로 길을 달려야 할 혼자만의 일이 있었다.

갑자기 광장에서 고함소리가 터져 나왔다. 박 시장은 창문 너머로 광장을 내려다보았다. 박 시장이 민원인 주차장으로 바꾼 광장은 청사 입구 쪽만 대리석을 깐 원형이었다. 3층 시장실에서 내려다 보니 감청색 점퍼 차림의 사내가 휘발유통을 들고 바닥에 드러누워 고함을 지르고 있었다. 그 주위로 호기심에 찬 사람들이 멀찍이 둘러섰다. 박 시장은 곧장 총무국장을 호출하고, 기다리는 동안 비서실에서 정장을 갈아입고 넥타이를 바로 매면서 나왔다. 총무국장이 긴장한 얼굴로 들어섰다.

"뭡니까?"

총무국장은 오십대 후반의 작은 체구였다. 그의 얼굴에는 오랜 공직 생활에 길든 침착함과 소심함이 짙게 깔려 있었다.

"영업정지 때문에 저럽니다. 밀실을 만들어 도우미들에게 영업을 시키고 엉망으로 법규를 위반한 모양입니다. 담당계장 집에까지 찾아간 모양인데 다행히 경비가 아파트 현관에서 달래서 돌려보냈다고 합니다."

총무국장이 박 시장에게 말했다. 그러는 사이, 이놈들아, 단속만 하면 다야, 먹고 살아야 하잖아, 오늘 내가 여기서 분신할 거다, 이 개새끼들아, 하는 고함이 들렸다.

"허 참, 오늘 일정이 바쁜데……. 이거 난감하군."

"아닙니다. 곧 달래서 보낼 겁니다. 이틀 전에 사무실에서 부린 난동이 잘 수습이 됐는데……. 오늘 또."

총무국장이 조심스럽게 박 시장 눈치를 보며 말했다.

"헌데 저 작자 어디서 본 듯도 한데……."

"G동에서 단란주점을 하는 놈입니다. 동생도 영업을 했는데, 형제가 업소를 바꿔 가며 자주 단속에 걸렸습니다. 형은 소동은 벌여도 크게 사건을 터뜨리지는 못하는 성격이랍니다.”

“아, 그렇다면 동생이 전번에 칼로 우리 여직원을 찔러 감옥에 간 놈 아니오?”

“그렇습니다. 건물 여주인을 옥상으로 끌고 가서 흉기로 위협하기도 했습니다. 동생 강재성이 이번에 출소해 산기슭에서 도사견을 키워 식용으로 판다고 합니다. 우리에 든 개들끼리 싸움을 시키기도 하고, 때로는 먹이를 적게 주어 흉포하게 만든다는 소문입니다. 사육장 근처로 잘못 다가간 등산객들이 사납게 짖는 개 소리에 기겁을 하기도 하고……. 하여튼 골치 아픈 형제입니다.”

“저런 놈들을 조심해야 합니다. 안 국장이 내려가 어떻게 좀 해 보세요. 지금 지방선거가 코앞인데.”

“예, 알겠습니다. 내려가서 제가 마무리 짓겠습니다. 경찰이 곧 도착할 거고 우리 경비들이 달래고 있으니까 바로 수습이 될 겁니다.”

총무국장이 황급하게 시장실을 나갔다. 커튼 사이로 내려다보니 사내가 플라스틱 통에 채운 액체를 현관 입구에 뿌리면서 다 죽이겠다며 소란을 부렸다. 경비가 출입구를 막고 직원을 대피시키는 사이, 마침 출동한 경찰이 사내를 둘러쌌다. 바닥에 뿌려진 액체는 여기저기로 길게 흘러갔다. 어느새 내려간 총무국장이 단속사실을 재조사하겠다며 사내를 달랬다. 한참을 실랑이 하던 사내는 겨우 총무국장을 따라 현관 안으로 들어갔다.

잠시 뒤, 총무국장한테서 전화가 왔다. 통에 든 물질은 폭발이나 화재와는 거리가 먼 종류라고 했다. 위험물은 아닌 것이다. 시간을 끌더라도 조심스럽게 대응하도록 당부했다. 그쯤 되면 민원 차원을 넘는 범죄였지만 선거가 바로 코앞이었다. 그냥 묻어 갈 일이 선거철에는 자칫하면 명치를 때리는 악재로 돌변했다. 경쟁 후보들은 지나치게 자영업자를 단속하는 바람에 사고가 터졌다는 식으로 표심을 자극하는 입소문을 슬금슬금 퍼뜨릴 것이다.

박 시장이 시계를 들여다보았다. 그곳에는 오늘 늦게 도착할 것 같았다. 지금까지는 늘 회색 기운이 감도는 어스름 저녁에 당도했었다. 어둠이 마지막 빛 알맹이를 밀어내면서 바위와 나무의 경계가 흐릿해지는 시간이었다. 그러면 곧 야산을 덮치는 어둠이 성큼 달려왔다. 박은 허리를 깊숙이 소파에 묻으면서 타원형 밤색 탁자에 놓인 잔을 들었다. 목을 적시는 커피가 유달리 썼다.

박은 커피를 삼키며 대통령과 언론사 표창장이 걸린 맞은편 벽을 바라보았다. 그는 머리가 복잡해지면 벽에 걸린 표창장들을 유심히 쳐다보곤 했다. 벽 모서리에는 상패 가득한 장식장이 서 있었다. 지난 8년 동안 시정을 이끌며 쌓은 시민서비스 우수상과 청렴상 상패가 금색과 푸른색으로 빛났다. 물끄러미 그것들을 보면 그 표창과 상패들이 힘을 모아 박 시장의 앞길에 놓일 악재를 모두 치워 버릴 것만 같았다.

악재는 벌써부터 박 시장 앞을 가로막았다. 지방선거 공천이 눈앞이었고 곧이어 선거였다. K시 국회의원 엄은 박이 공천되는 걸 달가워하지 않았다. 박이 이번에 출마해서 당선하면 무려 3선 시장이다. 그 경력을 모두 치면 자그마한 초등학교 1학년생이 자라서 대학에 들어가는 세월이다. 박이 시장직을 마칠 즈음이면 무소속으로 국회의원에 출마해도 엄이 대적하기 힘든 적수로 커 버린다. 박이 시장으로 일하면서 지금껏 만난 사람이 K시 유권자의 몇 배가 될 것이다. 그럼에도 선거가 다가오면 늘 허기가 졌다. 아마도 엄에게는 허기를 채우려 뛰어다니는 박이 앞으로 다가올 악재일 것이다.

박은 지금까지 몸을 낮춰 왔다. 재선 시장이지만 초선 의원 엄에게 단 한 차례도 지역구 의전문제로 부딪친 적이 없다. 행사진행자가 난처한 얼굴로 자리나 순서를 바꾸자는 요청을 전하면 박은 잠시 침묵하고는 고개를 끄덕였다. 무리한 요구를 하는 엄을 커다란 압정으로 벽에 꾹꾹 눌러놓고 싶을 만큼 분노가 끓어도 온화한 박의 겉 표정에는 변함이 없었다. 나이는 박이 엄보다 한 살 많았다. 며칠 전 도서관 준공식장에서 엄이 농담처럼 속내를 보였다.

"이번에는 쉬셔도 좋을 텐데……, 건강도 좋지 않으시다면서."

박 시장이 머리를 숙이며 공손하게 대답했다.

"아직은 몸이 쓸 만합니다만……."

엄이 밀고 있다는 대학 후배라는 작자는 아직까지 주민들이 고개를 갸우뚱하는 인물이었다. 여론조사를 해 보면 현직인 박을 앞설 후보는 없었지만 안심하기는 일렀다. 선거 직전이면 곳곳에 살얼음이 어는 정치판에서 엄이 끌고 올 다양한 작전에 맞서기는 쉽지 않을 터였다.

다행히 박과 말이 통하는 사람이 공천심사위원장으로 정해졌다. 박은 심사위원장이 지금 자리에 오르기 전에 보냈던 청탁을 여러 번 들어주었다. 그 청탁은 신경이 쓰였지만 들어주기 어렵다며 내칠 건도 아니었다. 그러나 박이 들어준 그 정도 청탁은 바람 불면 훅 날아갈 먼지덩이에 불과했다. 지금으로선 그의 첫 번째 길목을 쥐고 있는 심사위원장을 확실히 손아귀에 넣어야 했다. 그래서 오늘 밤, 그에게 물건을 전해 줘야 한다. 길목을 가로막는 사내만 없었다면 벌써 이곳을 떠났을 터였다. 박은 마음을 삭이면서 노인대학 개강식장으로 갔다.

박 시장이 개강식에 참석한 노인들과 악수를 하며 시간을 끌자, 행사 담당 직원이 연달아 휴대폰을 열어 보았다. 노인 관련 행사는 꼭 제 시간에 도착했지만 오늘 같은 일이 터지면 어쩔 도리가 없었다. 박은 힘닿는 대로 노인대학에 재정적 지원을 아끼지 않겠다는 말만을 되풀이하면서 허리를 깊이 숙였다.

일정이 밀리면서 소공원과 공중화장실 준공 현장에도 늦게 도착했다. 재래시장 살리기 프로그램으로 예산을 따 온 화장실 신축 건은 돈이 모자라 2년이나 시간을 끌어 완성했다. 화장실은 원 두 개가 맞붙은 구조로, 두 원이 만나는 지점에는 천장이 없었다. 중앙에 심은 나무가 자연광을 받으면서 하늘로 쭉 뻗었다. 화장실에서 도로 하나를 건너 자리한 공원은 어렵사리 긁어낸 예산에 맞춰, 민망할 만큼 작은 삼각형 땅에 벤치 몇 개와 석조 조각 두 점을 놓고 벚나무를 심어 놓았다.

겨우 마지막 일정을 끝내고 돌아온 박 시장에게 총무국장이 사내와 합의한 사항을 보고했다. 선거까지는 민심에 신경 쓰겠다며 총무국장은 선 채로 여러 번 두 손을 마주 비벼 댔다.

"폐를 끼쳐 죄송합니다."

"무슨 소리요. 잘 처리했어요. 내가 안 국장만 믿습니다."

안 국장이 이번 달 시보를 내보였다. 편집을 바꿨습니다. 박 시장이 받아든 시보를 넘기며 미소를 지었다. 디자인이 깔끔합니다. 시보 3면에 실린 수배자 소식에 실종된 여자의 얼굴이 담겨 있었다. 도서관 준공 소식을 알리는 기사 아래로 붙은 그 얼굴은 불운하면서 불길한 표정이었다. 박 시장의 시선을 확인한 총무국장이 조심스럽게 말했다.

"경찰에서 협조 요청을 해 왔습니다."

"그랬겠지요. 수사가 진척되고 있습니까?"

"아직은 힘든 모양입니다."

총무국장은 수사가 잘 되지 않는 상황이 자신의 책임이기라도 한 듯이 공손하게 양손을 배꼽 아래로 모았다. 그는 머뭇대면서 입을 열었다.

"오늘 또 실종자가 났답니다."

"또?"

박은 추가 실종자가 나왔다는 소식에 눈살을 찌푸렸다. 실종 사건은 박 시장이 일하는 K시 옆의 T군에서 연달아 일어났다. 농촌지역인 T군에는 늘어 가는 공장과 소규모 아파트 단지가 무질서하게 갉아 들어왔다. T군은 길을 따라 공장건물과 창고가 무리지어 이어지다 아파트 몇 동이 나타나고는 이어서 밭과 비닐하우스가 널따랗게 펼쳐졌다. 그런 이질적인 지대 사이로 곳곳에 가건물로 올린 마트와 술집이 들어섰다. 최근 가건물 상점 중 몇 집은 철근 콘크리트로 건물을 올리는 공사를 하고 있다.

피해자들은 친구를 만나러 가거나 장을 보고 돌아오면서, 때로는 밤늦은 회식을 마치고 사라졌다. K시에서도 피해자가 한 명 발생했다. 사건이 T군에서 K시로 번지면서 K경찰서와 박 시장은 바짝 긴장하기 시작했다. 잘못하다가는 다가올 지방선거에서 악재로 번져 나갈 조짐이 있었다. 아이들 유괴사건이나 연쇄 살인사건이 터지면 지역 민심은 눈에 띄게 뒤숭숭해져 칼날이 어디로 날아갈지 모를 만큼 급변했다. 박 시장은 얼굴을 찡그리며 속으로 말했다.

'악재야. 선거가 닥치면 악재뿐이야.'

선거를 치르면 늘 큼직하게 악재만 나타났다. 상대방 후보가 여러 명 나오거나, 상대 후보들의 비리가 폭로되어 호재라고 생각했는데 예상과 달리 표심은 딴 곳으로 흘러가기 일쑤였다. 선거라는 도무지 알기 어려운 의식은 사람을 지치게 만드는 수렁의 연속이었다. 박이 당선된 첫 선거에도 악재만 그득했었다. 그는 악재가 널린 선거가 오히려 긴장을 늦추지 않게 하는 장점이 있다며 마음을 다잡았다. 그렇게 위안을 삼았지만 선거일이 다가오면 모든 호재는 없어지고 층층절벽 같은 악재만 덩그러니 남았다.

투표일이 가까워지면 표의 흐름을 느끼는 감각이 갈수록 날카로워졌다. 아파트 출입구와 횡단보도 앞에 서면 지나다니는 행인이 가슴에 박혀 들어왔다. 손을 잡아 보지 못한 유권자가 눈덩이처럼 불어나는 것 같아 마음이 다급해졌다. 발에 밟혀 굴러다니는 선거용 명함이 유난히 박의 눈에 띄었다. 구겨져 형체를 알기 힘든 명함 속 사진을 보면 개표방송이 끝나 패배를 확인한 자신의 모습 같아 가슴이 철렁했다. 악재를 물리치려고 있는 힘을 다 쏟아 낸 박은, 마지막 피 한 방울까지 빨아 먹히면서 겨우 승리를 건져 내었다.

총무국장이 조심스럽게 박 시장에게 물었다.

"성묘가 늦어져서 괜찮겠습니까?"

"그래도 가야지요. 늘 국장에게 신세를 져서 어떡하나?"

"별 말씀을 다 하십니다. 차가 낡아서 죄송합니다."

총무국장 승용차는 고속도로 출입구에서 요금을 자동으로 찍는 하이패스가 없었다. 총무국장이 출입한 장소와 시간이 남는 그 장치를 눈치 빠르게 떼어 버렸는지도 모른다.

시청 지하 주차장으로 간 박 시장은 총무국장 차에 올라탔다. 차량 열쇠를 건넨 국장이 성묘 잘 다녀오시라며 인사를 하고 문을 닫았다. 국장은 허리를 깊숙이 숙였다가 펴고 박이 출구를 빠져 나갈 때까지 지켜보았다. 박은 급하게 일정을 소화하면서도 자신을 기다릴 그곳이 한순간도 마음에서 떠나지 않았다. 그는 엑셀을 지그시 밟으면서 속도를 올렸다.

복잡하던 도로가 톨게이트를 통과하자 한산해졌다. 박 시장은 룸미러로 차 뒤쪽을 흘끔 보았다. 신경을 거스르는 차는 없었다. 3차로를 달리는 트럭 뒤로 차선을 옮겼다. 차선을 바꾸면서 왼쪽 편으로 달려오거나 뒤로 처지는 차를 주의 깊게 살펴보았다.

앞에서 달리는 대형트럭은 가득 채운 적재함을 푸른 비닐 천으로 덮었다. 트럭 네 귀퉁이를 빈틈없이 싼 두꺼운 비닐을 뚫고 적재함에서 흘러내리는 액체가 고속도로에 기다란 흔적을 남겼다. 트럭이 속도를 내거나 방향을 비틀기라도 하면 트럭 꽁무니에 붙은 야광 표시판을 타고, 흐르는 액체가 아스팔트 위로 비뚤비뚤한 자국을 그렸다. 그러다 가끔 육즙같이 탁한 액이 트럭 뒤로 쏠리는 기류에 쪼개져 허공으로 날렸다. 쪼개진 방울들이 승용차 앞유리로 달라붙었다.

속도를 늦추고 워셔액을 뿜어 유리창을 닦았다. 와이퍼는 몇 마리 납작한 곤충 잔해를 함께 밀어냈다. 와이퍼가 끼익 소리를 내며 몇 번을 오가도 끈끈한 흔적이 허옇게 남았다. 2차로로 다시 옮겨서 속도를 내 트럭을 앞지르자 달리는 차가 없는 탓인지 앞이 훤했다.

박이 가속페달을 밟는 순간, 승용차 앞으로 검은 옷을 입은 사람 형상이 달려들었다. 급하게 브레이크를 밟으며 핸들을 꽉 붙잡았다. 그 형상은 해가 지는 풍경을 배경으로 공중으로 날아 올라 차들이 일으키는 소용돌이에 휩쓸려 들어갔다. 찢겨진 검정 비닐봉지 같았다. 목덜미로 끈적끈적한 땀이 배어 나왔다.

그 검은 형상은 박으로부터 아내의 죽음을 불러내었다. 박의 아내는 시장 선거에 뛰어든 남편을 몹시 우울한 얼굴로 쳐다봤다. 심지어 정신과를 드나들며 약을 먹기도 했다. 박관수 후보는 그런 아내를 보살필 여유가 없었다. 자금이 부족한 박 후보는 유난스레 발품을 더 팔았다. 비상자금까지 털어먹은 선거 막바지에 이르자 기댈 것은 주변 사람밖에 없었다.

박의 아내도 그런 남편을 보고만 있지는 않았다. 선거용 띠를 두르고 거리를 쏘다니며 낯선 사람들에게 고개를 조아렸다. 무표정한 사람들에게 웃음을 팔며 손을 잡을 때면 자신이 미쳐 간다고 생각했을 터다. 제정신이라면 아무 손이나 붙잡고 몸을 굽힐 수가 없었다. 가끔 아내는, 사람들의 발에 명함이 밟혀 그의 얼굴이 찢어져 눈동자가 없거나 턱이 없는 사람으로 변하는 걸 지켜보는 게 두렵다고 했다. 그쯤은 아무것도 아니라며 그는 웃어 넘겼다. 그게 뭐 대수라고. 그렇게 해서라도 당선만 된다면야. 다음 날 아침부터 그 사람들이 내 앞에서 굽실거릴 텐데. 하지만 그런 일은 일어나지 않았다. 그 선거는 패배였던 것이다.

낙선 사례가 끝나자 아내는 어두운 방 안에 박혀 밖으로 나오

지 않았다. 채권자들이 지급받지 못한 비용을 다급하게 재촉했
다. 그들은 그악하게 그녀가 혼자 있는 아파트를 찾아갔다. 바
짝 마른 박의 아내는 다시 정신과를 드나들었다. 그러던 그녀는
어느 겨울, 혼자 있던 아파트 화장실에서 목을 매었다.

아내가 죽은 후에도 박은 곧 다가오는 다음 선거를 준비했다.
소주를 마시면서 그는 선거운동원에게 마누라까지 잡아먹고 이
게 무슨 짓이야, 하며 허허 웃었다. 결과적으로 아내의 자살은
박관수 후보를 도와주었다. 인지도가 오른 데다 동정표가 느는 게
사실이었다.

박은 다시 일상으로 돌아온 도로를 확인하며 차 속도를 올렸
다. 검은 물체에 몸이 긴장해서인지 요의가 느껴졌다. 부푼 방광
은 점점 고통을 동반했다. 어지간하면 참고 지나가려 했지만 요
의는 욱신거리다 못해 날카롭게 찌르기까지 했다.

휴게소를 한 바퀴 돌면서 화장실 가까운 곳에 자리가 나기를
기다렸다. 이런 곳에서 누군가를 만나는 일은 질색이었다. 아는
사람과 부딪치거나 좋지 않은 징조가 나타나면 묘소에 가지 않
는다는 방침을 세웠다. 묘소 다음에 방문할 그곳을 꺼림칙한 기
분으로 찾아가서는 곤란했다. 구운 통감자 가게 앞쪽에서 서서
히 빠져나가는 은회색 자동차 자리에 주차를 하고 박은 빠른 걸
음으로 화장실에 들어갔다. 가늘게 두 줄기로 나뉜 오줌이 고개

를 숙이고 방울져 떨어졌다. 일을 보고 나서는 손도 씻지 않은
채 바로 주차장으로 향했다.

박은 시동을 걸기 전에 앞 창 오른쪽에 붙은 허연 자국에 워셔
액을 뿌리고 휴지로 문질렀다. 푸른 액이 묻은 휴지에 부러진 다
리로 보이는 물체가 묻어 나왔다. 힘차게 닦아 내도 한 번 달라
붙은 잔해가 남긴 자국은 끈덕졌다.

휴대폰 벨이 울렸다. K서 수사과장이었다. 박은 브레이크를
밟으며 손에 휴대폰을 쥐었다가 도로 내려놓았다. 더러운 놈, 박
이 입속으로 중얼거렸다. 출발하면서 휴대폰을 껐어야 했다. 그
는 박 시장이 내민 청탁을 몇 건 처리하고는 거머리같이 들러붙
어 이것저것 가리지 않고 부탁을 들이밀었다. 그 대신에 수사과
장은 박 시장에게 관내 수사상황과 기밀을 챙겨 주었다. 그는
자신이 넘기는 기밀이 값어치가 대단하다고 믿었다. 하지만 그
수사비밀이라는 것은 대체로 대수롭지 않은 것들이었다. 반면에
수사과장이 내놓은 부탁은 현직을 떠난 다음에 반드시 말썽을
일으킬 건들이었다.

벨 소리가 다시 울렸다. 신호음은 승용차를 빽빽이 채우며 길
게 울리다 연결하려는 노력을 다했다는 듯이 뚝 끊겼다.

요금을 계산하고 고속도로를 빠져나왔다. 산등성이 터널에서
빠져나온 열차가 순식간에 앞산 터널 안으로 꼬리를 감췄다. 다

가오는 어둠 사이로 뒤따르는 차가 몇 대 더 있었다. 뒤차를 확인하며 급히 왼쪽으로 핸들을 꺾었다. 어스름이 내려 사물 형체가 희미해지고 비닐하우스는 명멸하는 빛을 받아 하얗게 부풀었다. 박은 논과 비닐하우스 사이로 난 길을 끝까지 달려가 오른쪽으로 꺾고는 시멘트 포장길로 들어섰다. 마주 오는 차가 비켜가도록 만든 대피로에 차를 세우고 시동을 껐다. 들판을 덮친 어둠이 단번에 차를 에워쌌다. 의자를 뒤로 젖히며 차 안까지 스민 어둠에 머리를 식혔다. 차가 조용해지자 기다렸다는 듯이 오늘 해결해야 할 일들이 떠올랐다.

공천심사위원장에게 건네야 할 물건은 총 다섯 개였다. 위원장 취임 자리에서 위원장과 둘만이 있는 시간을 골라 박이 자연스럽게 말을 건넸다.

"인사를 해야 하지만……, 눈이 많아서."

위원장이 고개를 끄덕이며 박을 바라보자 시선이 서로 부드럽게 얽혔다.

"선거 전에도 좋지."

단숨에 거래가 끝나 버렸다. 위원장이 물건을 중개자인 식당 주인에게 넘기라고 했다. 박은 위원장의 제안이 마뜩찮았다. 박은 늘 물건을 직접 받고 직접 건네주었다. 시장으로 일하던 초기에 아랫사람을 시키다 된통 뒤통수를 맞았던 기억이 있기 때문이다. 심부름꾼 일을 한 여자애가 약정한 두 개를 가져오면서 한 개를 덜어 먹었다. 더도 덜도 아닌 자그마치 일억이었다. 친구 딸이던 그 애는 선거운동본부에서 자금과 주민 명부를 관리했었는데, 영리하고 일 욕심 많은 아이답게 밤을 새워 연령대와 성별로 명부를 정리했다. 선거사무장이 놓치거나 그냥 넘어가는 지출을 그 애가 꼼꼼하게 한 번 더 걸러 냈다. 마음에 쏙 든 그 애를 박은 당선 후에 비서로 채용했다. 지나치게 업무 파악을 잘해서 불안할 정도였다.

사고가 터진 한 달 후에 비서를 산하기관으로 승진시켜 보냈다. 작별하면서 비서는 앞으로도 계속 박을 위해서 뛰겠다며 깍듯하게 인사했다. 박도 그 애 손을 잡고 어깨를 토닥이며 고생한 데 비해 보상이 소홀했다는 말을 잊지 않았다. 그 애는 명절이면 친구인 직원과 함께 작은 선물을 들고 인사를 왔다. 그 친구를 통해 여전히 그 애가 박 시장과 흉허물이 없다는 소문이 퍼졌다.

위원장은 박이 손수 전하겠다는 뜻을 안다면서도 중개인이 믿을 만한 사람이라며 안심하라 했다. 어쩔 도리가 없는 선택이었다. 위원장이 회의장에서 몸을 빼내기도 힘든 형편이었다. 워낙 지역이 넓은 도인지라 기초자치단체와 광역단체장 공천 서류가 책상에 높게 쌓였다. 사무실은 사람들로 북적였고 찾아오는 사람이 대기실을 가득 메웠다.

다행스럽게 돈을 담을 비닐 부피가 퍽 줄었다. 만 원권이면 일곱 개를 한 번에 들고 오기 힘들다. 박은 오만 원권이 나오자 책상에 올려놓고 신사임당 얼굴을 마주 보았다. 머리를 올린 오백 년 전 여자는 매겨 놓은 오만 원 가치에는 관심도 없다는 듯 단정했다. 자신을 만지고 구길 수많은 인간들의 삶과는 무관한 표정이었다. 여자는 옆에 그려 놓은 포도 그림에도 관심을 두지 않았다. 냉정하게 앞만 바라보았다.

박이 시계를 보았다. 많은 생각이 스쳐 갔지만 분침은 조금 고개를 꺾을 뿐이었다. 시동을 켜고 헤드라이트를 밝혔다. 추락 방지용 장치가 없는 농로를 가자니 자연 속도가 느려졌다. 비닐을 벗겨 낸 하우스 골조가 싸늘한 갈빗대를 드러냈다. 차는 곳곳이 깊게 파인 농로와 시멘트를 마구 올린 과속 방지턱에 걸려 덜컹거렸다. 헤드라이트 불빛이 밭을 비추자 흙에 파묻힌 검은 비닐이 보였다. 황량한 밭을 돌자 농로가 끝났다. 밭이 끝나는 곳에 끈으로 대충 묶여 버려진 비닐 뭉치에서 찢어진 검정 비닐이 빠져나와 음산하게 펄럭였다.

아버지의 묘소는 농로를 따라 직진해서 두 번 커브를 돈 지점에 있었다. 아버지가 죽기 전에 사 둔 무덤 자리는 외졌다. 박은 그곳에 가기에 앞서, 굳어진 의식처럼 묘소를 방문했다.

차를 세웠다. 묘소로 오르기 위해서였다. 차 뒷자리에서 돗자리와 북어포를 꺼냈다. 포장한 길을 지나면 평지가 나오고 산길을 더 오르면 묘비의 글자가 이지러진 채로 반쯤 기운 무덤이 자리 잡고 있다. 자식이 찾지 않으면서 잊히는 무덤은 잡초가 무성했다. 그 뒤에 돌로 경계를 지은 아버지의 묘소는 묘비와 상석이 단정했다. 랜턴을 바닥에 놓고 박은 손에 들고 있던 돗자리를 깔았다. 종이컵에 향을 꽂고 상석에 북어와 술잔을 놓은 다음 술을 따랐다. 묘소에 술을 뿌리고 묘를 따라 몇 바퀴를 걷자 향불이 꺼졌다.

박은 묵묵히 무덤을 돌았다. 발밑으로 죽은 풀이 서걱거리고 키 큰 소나무가 드리우는 어둠이 그를 무겁게 눌렀다. 박은 바닥에 깐 돗자리를 바로 거두면서 흙에 대고 손으로 꾹꾹 눌렀다. 돗자리에 흙이 올라붙었다. 박은 절을 하지 않았다. 자식으로 마땅히 해야 할 절이지만 지금 올려야 할 절은 아니었다.

무덤에서 내려와 목적지인 야산을 향해 차를 움직였다. 도로는 산자락을 따라 구불구불 이어졌다. 달이 하늘에 번져 있는 구름 속으로 들어가 길은 컴컴했다. 달빛이 잠시 벗겨진 구름 사이로 나타나서 소나무와 바위를 흐릿하게 비추더니 사라졌다.

마주 오는 차의 상향등이 박의 눈을 얼얼하게 치며 지나갔다. 박은 얼굴을 찡그리면서 이 밤에 치르게 될 일들을 그려 보았다.

라디오에서 흘러나오는 뉴스가 네 번째 발생한 여성 실종자 소식으로 넘어갔다. 별안간 나타난 승용차 한 대가 쏜살같이 추월해서 지나갔다. 승용차가 추월을 알리며 누른 경적이 차가운 허공에 오래도록 퍼졌다. 그 날선 소음은 경고의 임무를 마치자 어둠 속으로 천천히 가라앉았다. 경적이 잦아지기도 전에 승용차 후미등이 희미해지더니 꼬리를 감췄다.

라디오 뉴스에는 실종자 소식이 계속되고 있었다. 뉴스 진행자가 실종 사건을 막지 못한 경찰에 불신이 크다며 시민의 목소리를 들려줬다. 한 여자는 그 사건 때문에 집에 일찍 들어가고 밤에는 외출도 삼간다며 경찰을 탓하는 목소리를 높였다. 진행자는 그 비난에 이어서 으레 붙이는, 경찰에 대한 질책과 당부를 늘어놓았다. 박이 짜증스럽게 라디오를 껐다.

커브를 돌면 그곳이다. 박은 휘어지는 도로에서 속도를 줄였다. 돌연 깜박이는 경찰차의 불빛이 쏟아져 들어왔다. 목적지를 밝힌 조명에 박은 급히 브레이크를 밟으며 앞을 주시했다. 랜턴을 든 경찰이 도로를 통제하고 있었다. 핸들과 시트에서 삽시간에 온기가 빠져나갔다.

경찰버스가 갓길에 바짝 붙어 서 있고 나란히 선 경찰차와 구급차가 붉은 등을 번쩍였다. 경찰차들이 갓길까지 메우고 있어 찻길은 차 한 대가 겨우 지나갈 만큼 비좁았다. 경찰이 야산 입구에 노란색 폴리스라인을 설치하였다. 단단하게 매어 놓은 노란색 라인은 경찰차의 헤드라이트 불빛을 받아 도로와 야산의 경계를 선명하게 그었다. 허락 없이 그 선 너머로 들어가면 금방이라도 큰일을 당할 분위기였다.

몇 사람이 경찰버스 짐칸에서 긴박하게 대형 라이트를 끌어냈다. 박이 탄 차가 느리게 다가서자 경찰 무전기에서 찍찍대며 끊어지는 소리가 잡음처럼 들렸다. 무전기에 입을 댄 경찰이 목청을 높여 응답했다. 지프차 옆에서 지휘관으로 보이는 자가 금방이라도 허리에 찬 권총을 빼어 들 자세로 고함을 질러 댔다. 의경과 경관이 그 고함 소리에 맞춰 줄지어 야산 샛길로 올라갔다. 평소대로라면 머지않아 박이 올라갔을 길이었다.

핸들을 잡고 있던 손에서 힘이 빠졌다. 오늘 식당주인에게 건네기로 약속한 물건을 꺼내기는 틀린 것이다. 박을 기다리며 시계를 들여다보는 식당주인의 모습이 떠올랐다. 이맛살을 찌푸리며 눈알을 굴리는 공천심사위원장의 얼굴도 함께 지나갔다. 무거운 돌이 얹힌 것처럼 속이 답답했다. 박은 숨을 크게 들이쉬고 눈을 감았다. 그곳 주위에서 무슨 일이 벌어졌을까. 샛길을 오르는 경찰을 보며 박은 껌을 두 개 꺼내 입에 넣었다. 아무런 맛이 느껴지지 않았다.

오늘 시청에서 사건만 일어나지 않았으면 벌써 이곳을 떠났을 터였다. 박은 드러누워 팔을 허우적대던 사내에게 잊었던 적의

가 솟았다. 비상등을 켰다. 깜박이는 노란 등이 경찰차에서 돌아
가는 비상등과 불안하게 박자를 맞췄다. 앞 차의 꽁무니 양쪽에
달린 마름모꼴 배기통이 부르르 떨었다. 매캐한 연기가 맑은 공
기를 몰아내며 세차게 몰려왔다.

앞선 차들의 검문에 문제가 있는지 시간이 꽤 걸렸다. 경찰은
손에 든 조회기를 다시 두들기더니 차창을 끝까지 내린 운전자
에게 고개를 들이밀었다.

경찰과 이야기하던 운전자가 차를 길가로 바짝 붙이더니 문
을 쾅 열며 내렸다. 덩치 큰 운전자가 경찰을 향해 언성을 높이
자 직급이 높아 보이는 경찰이 다가왔다. 운전자가 고함을 지르
는 소리가 차 안까지 들렸다.

"바쁜 사람 붙잡아 놓고, 도대체 뭐하는 짓이오!"

경찰이 조회기를 보이며 운전자에게 설명을 했다. 낮게 깐 경
찰의 목소리는 알아듣기가 힘들었다. 경찰이 조회기를 다시 작
동시키는 모양이었다. 경찰에게 따지는 운전자 손짓이 더 거칠
어졌다.

박의 승용차 앞에 선 승합차량 한 대가 손짓하는 경찰을 향
해 천천히 움직였다. 차의 운전자가 운전석 밖으로 고개를 내밀
었다.

"길 좀 틉시다. 누구 잡을 일 있소?"

날카롭게 내지른 운전자의 소리가 웅어리져 바닥으로 떨어졌다. 그는 열린 차창으로 팔을 내밀며 다시 소리쳤다.

"빨리 갑시다."

그는 막 지른 고함에 사과라도 하는 목소리로 끝을 내리깔았다.

박이 바로 앞에 선 검은색 차를 바라보았다. 각진 뒷모습이 튼튼해 보였다. 비스듬히 보이는 차창에 진한 선팅을 올려 내부가 전혀 들여다보이지 않았다. 차창은 꼭 닫혀 있었다. 그 차는 주위를 둘러싼 소란에도 아랑곳없이 묵직하게 전진했다.

이번에 꺼내야 할 뭉치는 최 사장이 6개월 전에 건네준 열 개 중 일곱 개였다. 심사위원장에게 갈 물건에다, 나머지 두 개는 임자가 따로 있었다. 시가 발간하는 관보에 아파트 370가구 사업승인 고시가 나가기 전날이었다. 박의 도시는 읍과 면, 동이 섞여 농촌에서 도시로 급작스레 변하는 지역이지만 도시 전체가 자연보전권역인데다 많은 지역이 상수원 보호구역이나 개발제한구역에 묶여 있다. 그동안 K시에서는 꾸준히 인구가 늘어 업체에서 두세 동 짜리 아파트를 계속 짓고 있었다. 땅은 물질을 섞거나 가열하면 속성이 바뀌는 실험실 화학물질만큼이나 기묘해서, 녹지에서 대지나 공장용지로 지목을 바꿔 달면 값이 쑥 활개를 폈다.

　최 사장이 직접 돈을 포장했다. 습자지를 잘라 만든 띠로 한 묶음씩 묶었다. 돈을 넣은 검은 비닐을 다시 비닐로 싼 뭉치는 겉으로 봐서는 무엇인지 가늠하기 어려웠다. 그저 시장에서 사온 일상용품으로 보였다. 박은 최 사장이 빈틈없이 일을 처리하는 방식을 높이 평가했다. 이런 일들은 대개 귀찮게 여기거나 소홀하게 지나치는 사소한 부분에서 꼬리가 잡혔다. 출금은행 지점의 이름이 찍힌 띠째로 돈을 넘기는 어이없는 놈도 있었다.

　박은 번쩍거리는 경찰차 불빛 사이로 뒷자리를 돌아보며 흙 묻은 돗자리와 뚜껑 닫은 청주를 확인했다. 경찰이 박의 앞에서 기다리고 있던 승용차 차창으로 손을 넣어 면허증을 받아 들었다. 여전히 운전자는 보이지 않았다. 맞은편 도로에 선 경찰은 승용차를 세워 둔 채로 손에 든 조회기에 차번호를 입력했다. 경찰차가 세 대 더 도착했다. 야산에서 환하게 솟은 빛은 한 곳에서 머물렀다. 저기가 어디쯤일까. 아래에서 올려다보니 위치를 가늠하기 어려웠다. 버스 옆에 세운 대형라이트가 그쪽으로 방향을 돌리자 빛은 주변으로 뿌옇게 번져 나갔다.

　상기된 뺨에 손을 대자 박은 기억 속에 진득하니 달라붙은 뉴스 조각이 떠올랐다. 여자가 실종된 소식이었다. 승용차에 찰싹 달라붙은 그 소식은 이곳까지 줄기차게 따라왔다. 박의 의식 속에서 그 불운한 소식이 진흙탕을 지나가는 듯 질척거렸다.

　웅성거리는 무전기 소리에 맞춰 경찰 움직임이 더욱 부산했다. 경찰 무전기에서 톤 높은 말들이 쏟아지면서 박이 내린 차창 밖으로 맑고 건조한 공기가 울렸다. 박은 물건을 묻은 곳은 아무도 모를 거라며 마음을 다잡았다. 그곳은 그동안 자주 물건을 감추거나 꺼내 왔음에도 한 번도 말썽이 나지 않은 명당이었다.

　야산을 따라 이어진 샛길을 올라 수풀 오른쪽에 차를 대면 도로에서는 보이지 않았다. 야산 자체가 볼품없어 드나드는 사람이 없었다. 샛길에서 신갈나무와 소나무를 헤치고 안으로 들어가면 큼직한 바위가 몇 개 버티고 서 있었다. 오래 찾지 않아 허물어진 무덤 옆의 잡풀더미를 지나 바위 사이로 넘어가면, 병풍처럼 둘러친 바위 덕에 바깥이 보이지 않았다. 박은 그 바위 위쪽에 나무 박스를 묻고 물건을 넣어 두었다. 장갑을 끼고 야전 삽으로 땅을 파면 삽날이 낙엽 썩은 흙으로 깊게 들어갔다. 삽으로 흙을 뜨면 놀란 벌레들이 마구 기어 나왔다. 흙을 덮은 박스 위로 묵은 낙엽을 쌓아 올리면 감쪽같았다.

　검은 비닐에 싸인 지폐 뭉치는 습기를 먹지 않고 벌레도 들어오지 않았다. 썩어 가는 낙엽 속에서 지폐는 싱싱한 색감으로 살아 지냈다.

　박은 번쩍이는 경광등 불빛을 받으며 자신을 몰아내려는 사람을 뒤져 보았다. 박 시장이 낙마하기를 기다리는 후보자들이

하나씩 환한 얼굴로 지나갔다. 한직으로 밀려나 이를 가는 시청
간부들이 나타났다. 돌아서면 박에게 욕을 퍼부어 대는 업자들
모습도 스쳐갔다. 그 목록들은 끝없이 늘어섰지만 그 누구도 이
곳은 모른다. 최 사장도 이곳은 몰랐다.

눈에 익은 몸집이 앞을 지나쳤다. 틀림없는 K서 수사과장이였
다. 그는 자신을 지켜보는 시선에 고개를 돌렸다가 놀란 얼굴로
다가왔다.

"박 시장님께 연락이 갔는지…….."

"아버님 묘소를 찾은 길이네만, 무슨 일인가?"

수사과장 얼굴을 스친 당혹스러운 표정이 슬그머니 사라졌다.
차 안을 들여다보는 수사과장의 가늘고 야비하게 보이는 눈이
반짝거렸다.

수사과장은 얼굴을 가까이 대고 미리 알려 드리려 전화를 드
렸다고 말을 뗐다. 본부에서 연락을 받았지만 혹시나 아니라면
곤란한 일이라서 전화가 늦었다며 변명했다.

그러면서 수사과장은 차에서 내리는 박 시장의 모습을 예리하
게 훑었다.

"시장님, 바지가 더럽습니다."

"그러게 말이오. 묘소 자리가 험하다 보니…….."

박이 무심하게 다시 물었다.

“대체 무슨 일이오?”

“강재성이라고, 부녀자 연쇄살인범인데, 여기에 시신을 묻었답니다. 하나는 찾았습니다.”

수사과장은 신음에 가까운 박의 감탄을 들으며 들뜬 목소리로 말했다.

“본부에서 긴급배치 경찰이 오는 대로 외곽도로까지 통제합니다. 내일 아침 아홉 시에 본청에서 기자회견을 엽니다. 여기 샛길 위로 바위가 있는데 그 근처입니다.”

사진촬영과 현장감식반이 올라갔다고 수사과장이 가리키는 지점에서 하얗게 빛이 비쳐 나왔다. 조명등이 추가로 더 도착했는지 박이 그쪽을 바라보는 사이 빛이 더 도드라졌다. 턱이 두툼한 수사과장 얼굴이 경찰차 위에서 번갈아 가며 번쩍거리는 경광등 빛을 받아 파랗게 변했다가 다시 붉어졌다. 박의 얼굴도 불빛을 따라서 붉어졌다가 새파랗게 변했다.

“시신을 보았소?”

“비닐 끈으로 묶여 있었습니다.”

수사과장이 손을 들어 정교하게 묶은 매듭 형태를 시늉해 보였다. 그리고는 말을 이었다. 현장 주변에서 수상한 나무박스를 발견했습니다. 시신이 묻힌 지점에서 다섯 걸음 떨어진 곳인데 주변을 차단했습니다. 과학수사팀이 곧 올라갑니다. 강재성은 모른다고 하지만 그놈 말을 믿지는 못하죠.

수사과장은 자신의 추리를 확신했다.

"틀림없이 사람을 죽일 때 쓰는 흉기가 들어 있을 겁니다."

수사과장은 의경이 주위를 에워싸고 있는 경찰차로 박을 안내했다. 경광등을 끈 차는 혼자서 조용했다. 흰색 후드를 머리끝까지 덮은 놈이 경찰 두 명 사이에서 수갑을 찬 채로 앉아 있었다. 놈이 고개를 삐딱하게 기울였다.

"범인 강재성입니다."

박 시장은 차창을 사이에 두고 놈의 옆모습을 비스듬히 보았다. 어둠에 싸인 얼굴이 권태롭게 고개를 돌렸다. 그 얼굴은 박을 끝 모를 어둠으로 빨아 당기는 것 같았다.

샛길에서 경찰이 회색 담요를 덮은 들것을 들고 내려왔다. 그 뒤로 쇠꼬챙이와 삽을 든 의경들이 뒤따랐다. 의경들의 신발에는 진득한 흙이 묻어 있었다. 수사과장이 의기양양하게 소리쳤다.

"여기가 시신 숨기는 곳으로는 그만입니다. 감쪽같아요."

박은 고생한다는 인사를 하고 천천히 현장을 빠져나왔다. 수사과장이 편안히 가시라며 경례를 붙였다. 박과 범인은 서로 비슷한 시각에 움직였는지도 모른다. 휴게소와 도로에서 마주쳤을 수도 있다. 박은 시체를 묶은 매듭이 돈다발을 잡아맨 검은 비닐매듭과 비슷하게 보인다는, 사리에 맞지 않는 생각에 사로 잡혔다.

박 시장이 손등으로 눈을 비볐다. 바위 옆에서 범인이 움직이는 소리가 들렸다. 강재성의 작업 모습이 눈앞에 보이는 것처럼 선했다. 강재성은 시체를 묻을 땅을 파고 있었다. 너럭바위 옆 빈터에서 삽질을 하는 거친 숨소리가 이어졌다. 그의 허파에서 빠른 속도로 뿜어내는 소리가 박이 숨 쉬는 기척에 겹쳐 들렸다. 강재성은 삽을 두드려 흙을 고르고 잔돌을 올린 위로 썩은 낙엽을 듬뿍 뿌렸다. 시신과 검은 비닐로 싼 돈뭉치가 다섯 걸음 떨어져 나란히 누워 있었다.

세차게 머리를 가로젓는 박의 눈에 강재성의 턱과 뺨의 윤곽이 나타났다. 눈과 코가 자리를 잡자 강재성이라는 인물상이 살아났다. 강재성이 머리에 쓴 후드를 쓱 벗어 버리자 어둠을 담은 얼굴이 또렷해졌다. 박은 어쩐지 그 얼굴이 자신을 닮아 보였다. 산등성이 터널의 양방향에서 튀어나온 열차가 쎙하니 마주 지나갔다.

답안지가 없다

2층 복도감독관이 수능 시험장 본부 문을 열고 들어섰다. 시선들이 감독관 옆 여학생을 향해 쏠렸다. 강영찬 교감은 본능적으로 시계를 보았다. 13시 5분에 준비령이 울리고 막 10분이 지나 있었다. 이 시간에 수능 시험실에서 퇴장한 학생이라면 분명 부정행위였다. 관자놀이가 쑤시면서 학생에게 받아야 할 자술서가 떠올랐다. 학생이 부정을 인정하지 않고 덤벼들기라도 하면 벌어질 실랑이가 만만찮았다.

여학생은 안절부절못하기보다 겸연쩍은 얼굴이었다. 복도감독관은 학생을 향해 어이가 없다는 눈초리를 보냈다.

감독관은 몰린 시선을 의식하며 말을 꺼냈다. 그 학생은 2교시 수학 시험을 치지 않는 수리영역 미응시생이었다. 3교시에는 미응시생 대기실에서 시험실로 돌아와야 했는데 대기실 칸막이 자리에 고개를 처박고 깜박 잠에 빠져 버렸다. 3교시가 시작하기 전에 대기실에서 몇 번이나 담당감독관이 수험생 없느냐고 고함을 질렀는데 느긋하게 잔 것이다.

강 교감이 말을 가로채고 물었다. 어떻게 찾아냈어요?

3교시가 시작하고 혹시나 해서 미응시생 대기실을 한 바퀴 돌아봤지요. 글쎄 이 아이가 오른쪽 구석 자리에서 침까지 흘리며 자고 있지 뭡니까. 흔들어 깨우니까 처음에는 여기가 어딘지도 모르더라니까요.

복도감독관이 가당찮다는 표정을 짓자 학생은 눈동자를 굴리면서 불량스럽게 혀를 쑥 내밀었다. 그리고는 붉은 염색기가 남은 단발머리를 태평스럽게 흔들었다. 강 교감은 시계를 보며 본부요원에게 빠르게 조치사항을 지시했다. 학생을 예비시험실로 데리고 가세요. 아니, 박 교사 말고 최 교사가 감독하세요. 이 학생에게는 시험 마치는 시간을 10분 연장합니다. 영어 듣기는 준비해 놓은 카세트로 시행하고, 시험이 끝나면 학생에게 확인서 하나 받아 놓으세요. 강 교감은 최 교사에게 직접 당부하려고 몸을 돌리려다 한걸음 뒤에 붙어 서 있던 파견관과 부딪칠 뻔했다. 교육청에서 수능시험장을 감독하려고 보낸 파견관은 어느새 가까이에서 일처리를 지켜보고 있었다.

강 교감은 파견관에게 상황을 요약해서 들려줬다. 바로 뒤에서 지켜본 파견관은 이미 아는 내용을 잠자코 듣고 있었다. 파견관은 다행이오, 라고 짧게 말하고 자리로 돌아갔다.

강 교감은 자리에 앉았다. 천천히 평안하게 흐르던 시간이 웅덩이에 고여 탁하게 변하기 시작했다. 학생 때문에 놀랐던 것인지 이마에 진땀이 배이며 본부실을 둘러싼 풍경이 갑갑하게 조여들었다. 교감은 셔츠 목을 늘리며 단추 두 개를 풀었다.

파견관은 앉은 자리에서 꼼짝도 하지 않았다. 눈을 감고 있어 얼핏 잠들지 않았나 싶었지만, 꼿꼿하게 세운 등과 함께 책상에 올려놓은 시험관리지침서를 가볍게 두드리는 집게손가락이 그가 냉철하게 깨어 있는 상태임을 과시했다. 파견관은 별안간 눈을 번쩍 뜨고 고개를 천천히 좌우로 돌려 시험장 본부를 살펴보았다. 눈을 감은 사이, 그는 손아귀에서 벗어난 일이 없는지 하나하나 확인해 보았다. 그러고는 입가에 미소를 올리고 침착하게 다시 눈을 감았다.

줄지어 앉은 죄수 관리하는 간수의 눈초리 같군. 교감은 그렇게 생각했다. 넉살 좋은 박 교사조차 파견관이 좌우로 고개를 돌리면 말을 멈추고 보란 듯이 의자를 돌려 등짝을 내보였다.

시간은 더디게 흘러갔다. 오늘은 강 교감의 늦둥이 둘째 아들이 수능시험을 치는 날이기도 하다. 수험생 부모는 시험 감독에서 빼 주기도 하지만, 부책임관인 강 교감은 아들이 시험장으로 가기도 전에 집을 나섰다.

오늘 시험은 아들 녀석이 대학에 들어갈 마지막 기회였다. 첫 번째 수능시험은 느긋했고, 두 번째는 잘 되리라는 기대감이 컸다. 삼수째인 이번엔 조마조마한데다 신경이 더욱 날카로웠다. 둘째 아들은 똑같은 과정을 반복하는 학습이 도통 머리에 들어오지 않는다며 투덜댔다. 큰아들도 수능 성적이 좋지 않아 진학에 애를 먹었다. 큰아들은 시험을 친 날, 어두운 극장 뒷좌석에서 삐걱대는 의자에 기대 울었다고 했다. 눈물로 젖어 흐릿한 눈을 들면 영화 화면이 뿌옇게 지나갔다고 했다. 큰아들은 그 뒤로 자신감을 잃었는지 백수 비슷하게 지내며 매사에 몸을 웅크렸다.

새벽부터 움직인 탓에 오늘 하루가 더욱 길었다. 긴장이 풀려 노곤할 즈음, 학생이 대기실에서 자는 사건이 생겨 정신이 번쩍 들었다. 강 교감은 처지는 몸을 추슬러 올렸다. 수능일은 문답지를 받아오는 일부터 어디 하나 만만한 것이 없었다. 새벽의 긴장감이 되살아났다.

강 교감은 새벽 4시 50분에 문답지를 보관한 학교 강당에 도착했다. 순서를 기다려 확인한 문답지 상자를 승합차량 뒷좌석에 가득 실었다. 시간은 느릿느릿 움직여 날이 밝으려면 아직 멀었다. 출발합시다. 승합차량에 탄 파견관이 음침하게 말했다. 기사는 그 소리를 신호로 핸드브레이크를 풀고 가볍게 엑셀레이터를 밟았다.

출발 순서를 기다리는 차량의 공회전소리가 학교 운동장의 찬 공기를 울렸다. 차량은 시험장이 먼 곳부터 운동장을 먼저 떠났다. 순서를 기다리는 차량이 모두 헤드라이트를 켜 놓아 움츠려든 어둠은 차량 틈 사이와 운동장 모서리를 겨우 차지했다. 부산하게 움직이던 사람들도 시험지 상자를 실으면서 차량에 올라탔다. 강 교감이 탄 승합차량이 운동장을 가로지르자 기다리던 경찰 호송차량이 따라붙었다. 헤드라이트가 고요한 거리를 비췄다. 도로 중앙에 박혀 중앙선을 알리는 표지병이 어둠 속에서 노랗게 반짝였다.

교문을 빠져나오자 강 교감은 문답지를 보관한 학교 책임자의 안도하는 소리가 들리는 듯했다. 작은 창문까지 붉은 도장을 찍어 봉인지로 싸 놓은 수능 문답지 보관 강당은 보기만 해도 숨이 막혔다. 학교 직원과 교육청 감독관에다 경찰까지 붙어 지킨 문답지는 오늘에야 감시에서 벗어났다.

그들은 문답지 박스 개수를 확인하고 시험장 번호표를 박스에 붙여 넘겨주면서 어깨에 짊어진 부담감을 시원하게 벗어던졌다. 그 부담감은 똑같은 무게를 유지한 채 시험장으로 옮겨가는 중이다. 시험에 관련된 모두를 긴장과 초조에 떨게 만드는 수능 문답지의 짐들은 해마다 어김없이 눈을 부라리며 지치지 않는 무한궤도처럼 돌아왔다.

승합차량이 사거리에서 신호에 걸려 멈춰 섰다. 건너편 아파트에서 하나둘 조심스레 불이 켜졌다. 이윽고 차량 몇 대와 택시가 텅 빈 교차로를 지나가면서 순식간에 꼬리를 감추었다. 경찰 차량의 경광등이 봉고차량 안으로 붉고 푸른 불빛을 번쩍대며 쏟아 넣었다. 경찰차는 정속으로 주행하는 승합차량 뒤를 차분하게 따랐다. 그러다 차량 유리창에 붙은 한 뼘 크기의 시험장 표지에서 조금이라도 멀어지면 놀라서 착 달라붙었다.

시험장을 감독하기 위해 교육청에서 파견한 파견관은 허리를 세워서 똑바로 앞을 바라보았다. 경광등 불빛이 파견관의 훌쭉한 뺨을 날카롭게 물들였다. 강 교감은 파견관에게 가벼운 대화라도 붙여 볼까 고개를 돌렸다가, 딱딱하게 굳은 파견관의 시선에 그만 입을 다물었다.

정속으로 달리던 차량이 사거리를 지나 우회전하여 길을 잡아 들어갔다. 승용차 한 대가 어느새 뒤쪽에 붙어 차선을 바꾸는 승합차량을 지나치려다 끼익 소리를 내며 멈췄다. 승합차는 아슬아슬하게 충격을 면한 것 같았다. 기사가 놀라며 반사적으로 차문을 열려는 동작을 하자 파견관이 급히 어깨를 잡으며 제지했다. 그는 오히려 문이 잠겨 있는지 차문부터 점검했다. 경찰이 차에서 내려 승용차 기사에게 몇 마디 건네자, 기사는 승용차를 뒤로 빼내 슬그머니 빠져나갔다.

차량이 교문을 들어서자 K고등학교 시험장 본부는 요란하게 움직였다. 본부요원을 맡은 교사들이 본부실 배부대에서 상자를 풀어헤쳐 그 안에 든 봉투 수가 맞는지 확인했다.

엄청나군. 평가원에서는 봉투를 누가 다 봉하지?

용역을 쓰겠지. 수능시험 수수료가 적은 돈이 아니잖아.

용역이면 그들도 오늘 저녁까지 갇혀 있겠네.

그럼, 꼼짝도 못할걸. 한 장이라도 빠져나가면 몇십만 명이 헛고생이니까.

본부에서 처음 근무하는 교사 몇몇은 이런 얘기를 주고받으며 느긋한 시간을 보냈다. 기간제로 들어온 박 교사가 문제지 봉투를 공깃돌처럼 허공으로 던지자 강 교감은 도대체가, 하며 혀를 찼다.

교사들은 성격이나 스타일이 각양각색이었다. 젊은 교사들은 힘든 업무를 주면 학기 내내 툴툴거렸다. 수업시간을 조정하던 중에 업무가 많은 교사를 배려해 한 시간이라도 수업을 적게 배정하면, 다른 교사들은 강 교감에게 삿대질이라도 할 것처럼 목소리를 높였다. 교감은 통제가 되지 않는 교사들에게 피로감을 느꼈다. 그 피로감은 올해 들어 부쩍 커져, 감당하기 힘든 무력감으로 번졌다.

박 교사가 큰 소리로 교무부장에게 외쳤다. 숫자가 맞습니다. 교무부장이 고개를 끄덕이자 박 교사는 재빨리 말을 이었다. 점검 끝났으니 요기라도 합시다. 오래 근속한 정규교사들까지 덩달아 그럴까, 그래야지, 빨리 먹고 와야 할 걸, 하는 말을 나누더니 웅성대며 본부실 밖으로 나섰다. 강 교감이 뭐라고 말하기도 전에 그들은 본부실을 빠져나가 식당으로 사라졌다. 건물 밖은 어둠을 한 꺼풀 벗어 내렸으나 여전히 사물의 모습은 어슴푸레했다.

두 걸음 정도 뒤에 서서 지켜보던 파견관이 강 교감을 불렀다. 그는 오른손에 든 시험관리지침서로 바닥에 분류해 놓은 문답지를 가리켰다. 박스를 벗어난 문답지는 갈색 봉투 안에 들어 있었다. 문제지를 보지 못하도록 막는 방어막은 겨우 겉봉투 한 장에 불과했다. 수험생들이 들어오려면 한 시간이 넘게 남았다. 시험장 본부실에서 봉투를 찢어 시험지를 빼내는 사고가 생길 리는 만무했다. 그런 사건까지 고민하면 지나치게 마음을 끓이는 짓이었다. 하지만 시험관리지침서는 쓸모없는 걱정이라고 해도 좋을 수십 가지 돌발상황으로 가득했다.

교무부장과 본부 요원들이 다시 문답지를 박스에 넣어 봉인지를 붙였다. 파견관은 아무 말 없이 굳은 얼굴로 지켜보았다. 학교장 도장을 봉인지에 찍었다. 붉은 도장은 봉인지와 박스를 가로질러 선명하게 절반씩 몸을 걸쳤다.

파견관은 말없이 본부 앞에 마련된 자리로 돌아갔다. 그는 여전히 속내를 드러내지 않는 표정이었다. 본부 요원들이 적당하게 일을 처리하는 방식에 부아가 나서 꾹 눌러 참고 있는 얼굴처럼 보였다. 강 교감은 시험장 부책임관이라는 자리가 힘겹게 느껴지며 물먹은 솜처럼 피곤이 몰려왔다. 시험은 시작도 하지 않았다고 강 교감은 마음을 다잡았다.

감독관 회의가 끝났다. 드디어 시험 시간이다. 본부에서 감독교사 대기실을 향해 문답지를 받아 가라는 방송을 내자 시험 감독관들이 부산하게 몰려들었다. 감독관은 감독교사 정도가 마땅한 이름이겠지만, 영어 듣기 시간엔 비행기까지 운항을 피할 정도로 살벌한 분위기에서 이름의 등급을 올리는 정도야 대수롭잖은 일이었다. 파견관은 몇 걸음 떨어져, 감독관들이 문답지 배부대에서 봉투를 들고 가는 모습을 지켜보았다. 강 교감 자리 앞으로 마치 은행 창구처럼 문답지 배부대와 검수대가 길게 늘어져 있고, 파견관은 배부대에서 약간 비켜서 강 교감과 나란히 앉아 있었다. 검수대와 배부대 뒤로 본부요원 책상들이 놓였다.

파견관의 자리가 한발 떨어져 배치되어 있는 모습은 진행 상황을 참관하는 파견관의 업무 형태를 교묘하게 보여 주었다.

1교시 예비령이 울렸다. 강 교감은 기분이 나아졌다. 수능 시험이란 일단 질주를 시작하면 결승선이 머지않게 되는 경주와도 같았다. 시험장 본부는 레일을 달리는 기차처럼 훈련받은 매뉴얼대로 움직이기만 하면 된다.

문제지를 나누는 모습을 지켜보고 다시 자리에 앉은 파견관은 조용했다. 그는 결시생 현황 보고를 귀담아 듣고, 고개를 돌려 상황실과 통화하는 요원을 지켜보았다. 책상 오른쪽에 시험관리 지침서를 놓고, 그것이 성스러운 경전이나 되는 모양으로 그 위에 손을 올려놓았다. 파견관은 반쯤 눈을 감은 모습이지만 허리는 꼿꼿했다. 본부요원들이 뭐라고 말하거나 전화가 걸려 오면 그의 목은 정확하게 그 방향으로 돌아갔다. 파견관이 본부실에서 돌아가는 정황에 귀를 활짝 열고 있어 강 교감에게는 그의 귀가 삐쭉 솟은 여우 귀만큼이나 커다랗게 느껴졌다.

강 교감은 화장실을 다녀왔다. 오줌 색깔이 뿌옇다. 가을 들어 부쩍 몸이 나른하고 손발이 저려 왔다. 고혈압과 당뇨가 함께 찾아들었다. 해가 갈수록 몸이 늘어지며 한 발씩 더 깊게 늪으로 빠져드는 느낌이었다.

박 교사가 음료수와 과자를 담은 접시를 강 교감 책상 위로 올려놓았다. 박 교사가 피곤하시죠, 하며 넉살좋게 말을 붙이면서 파견관 자리에도 접시를 놓았으나 파견관은 가져가라고 손을 저었다.

11월의 공기는 서늘한 기운을 담았다. 3층 본부실의 블라인드를 친 창으로 햇살이 들어와 창가에 온기를 뿌렸다. 햇살은 오래가지 못했다. 날씨는 심술궂은 초겨울 편으로 기울면서 눈이 올 것처럼 하늘 색깔이 우중충해졌다. 찬바람이 유리창을 두들겼다.

강 교감의 아버지가 세상을 뜬 날도 오늘처럼 찬바람이 등골을 파고들었다. 변덕스러운 날씨는 아버지가 가신 후 발인하는 날까지는 초겨울 날씨 같지 않은 포근함으로 대지를 감쌌다. 자는 사이에 심장이 그렇게 스르르 멈춘다니 믿기지 않았다. 심장을 얽은 세포들은 단 한순간도 빈틈없이 뛰는 놈들인 줄 알았건만 단단하게 묶인 세포들은 덩어리째로 한꺼번에 괴사해 버렸다. 강 교감은 새삼스레 응급실에서 부산스럽게 뛰어다니던 의사들과 그들이 서로 마주보며 고개를 젓던 광경이 떠올랐다. 전무라는 사람이 찾아와서 아버지는 귀감이 되는 직원이었다고 조문했다. 그러고는 끝이었다. 아버지는 죽기 직전까지 큰 프로젝트에 매달렸다. 그 프로젝트는 아버지가 죽은 후에도 꿋꿋하게 살아남아 몇 사람이 그 덕분에 승진했다고 들었다.

본부요원들이 검수대 앞에 모여 대화를 나누고 있다. 이번에도 구변 좋은 박 교사가 대화를 이끌고 나섰다. 박 교사는 어떤 일도 너스레로 때워 나가는 재주가 대단했다. 이 학교에서 2년째 기간제 교사를 하지만 업무 능력은 아래에서 기고 있어 그가 처리하는 공문이나 보고서는 교무부장이나 강 교감이 뚫린 구멍을 메워야만 했다. 박 교사를 불러 잘못된 점이나 고쳐야 할 점을 지적하면 박 교사는 시원하게 시정하겠다고 대답하고는 금방 잊어먹었다. 그는 힘껏 누르면 저항 없이 그 힘만큼 푹 들어갔다가 손을 떼면 원래대로 튀어나오는 스펀지 같은 사람이었다. 그에게는 무슨 일이든 어려울 게 없었다. 언제나 자신만만한데다 조금 알고 있거나 몸으로 부딪쳐 보았던 일이라면 부풀리고 마구 주워섬기며 떠벌렸다. 때문에 박 교사는 본부요원에서 빼내야 했다. 하지만 교사들은 얼마 되지도 않는 일당으로 새벽부터 붙잡혀서, 남는 것이라곤 민원뿐인 시험감독관을 반기지 않아, 어쩔 수 없이 한 명이라도 더 채울 요량으로 박 교사를 본부요원 자리에 배치했다.

박 교사가 떠벌리는 소리는 강 교감에게도 분명하게 들려왔다. 그가 여기저기 기간제 교사를 하며 겪은 시험장 얘기였다. 도저히 지정된 시험장 시간에 맞추지 못할 수험생이 갑자기 가는 길에 보이던 시험장에 뛰어들어 왔어. 사람 마음은 통하는지 몇 분 지나지 않아 시험장 정문을 닫는 중에 또 한 명이 촉박하게 달려온 거야. 두 번째 학생은 얼마나 아슬아슬했는지 발뒤꿈치가 닫히는 교문에 끼일 뻔한 거 있지. 갑자기 나타난 불청객으로 본부요원이 얼마나 고생했겠어, 하며 박 교사는 이야기에 열을 올렸다.

강 교감은 자신도 모르게 웃음이 배어 나왔다. 강 교감이 발탁해서 앉힌 교무부장도 교감을 바라보며 따라 웃었다. 시험장을 잘못 찾아온 수험생에게는 장소를 제공해서 시험을 치도록 했다. 예비실과 추가 감독요원이 있어야 하니 피곤하기는 했지만 처리 방법이 관리지침서에 명백하게 나와 있다. 외부에 알리지 않는 처리방침이다. 수험생들이 아무 시험장에 들어가도 시험을 칠 수 있다는 정보가 확산되면 가까운 시험장으로 마구 들어오는 수험생 때문에 질서가 엉망으로 무너지리라. 성적보다는 시험을 보는 데 의미를 두는 학생들이 재미삼아 이곳저곳 가까운 시험장에 되는 대로 뛰어 들어가서 친구들에게 써먹을 이야깃거리로 챙길지도 몰랐다.

교육청 상황실이 가장 걱정하는 돌발 상황은 갑자기 전기가 나가거나 화재가 일어나는 경우였다. 시험관리지침서에 이를 대처하는 매뉴얼이 있었지만 책상머리에 앉아 끼적대며 만든 지침은 우왕좌왕하는 와중에 들춰 보지도 못하게 될 공산이 컸다.

강 교감은 둘째 아들이 시험을 잘 치고 있을지 궁금했다. 요즘 들어 부쩍 둘째 아들의 어릴 적 모습이 떠올랐다. 어린 아들이 바닥을 힘들게 기어 강 교감이 앉은 소파로 다가왔다. 아들은 숨이 찬지 움직임을 멈추더니 고개를 들어 강 교감을 빤히 바라보았다. 아들은 스스로 그곳까지 기어간 자신이 대견하다는 듯 한 번 웃음을 짓고는 방향을 바꿔 장난감으로 향했다. 깜박 잠이 든 모양이다. 화들짝 눈을 뜨니 손에 있는 서류는 그대로였다. 그러나 그 몇십 초 사이에 강 교감은 주위가 낯설게 느껴졌다. 그는 눈을 크게 뜨고 조심스레 옆을 살폈다. 그는 심연에 다가섰다가 빠져나온 혼란스러운 감정에 휩싸였다. 그 짧은 순간에 강 교감이 본 실체가 뭔지는 명확하지 않았다. 어둑한 가림막에 숨어 버린 서늘한 느낌은, 아들의 환한 웃음과는 거리가 먼 불쾌한 종류임이 분명했다.

3교시 외국어 듣기 평가가 끝났다. 미응시생 대기실에서 속 편하게 잠에 빠진 학생을 빼면 시험은 순조롭게 돌아가고 있었다. 별 탈 없는 3교시를 넘기고 4교시만 끝나면 거의 종료 상황이었다. 제2외국어와 한문을 치는 5교시가 되면 수험생 수도 줄어서 한결 느긋해졌다.

교육청 상황실에서 연락이 왔다. 시험장 15시험실에서 결시자 수가 맞지 않는다는 통보였다. 15시험실의 결시생은 1교시와 2

교시는 모두 두 명이었다. 어찌된 일인지 3교시에 결시생이 한 명으로 줄었다. 본부실에서 달라진 숫자를 놓치고 복도감독관이 전달한 결시자 현황을 그대로 교육청 상황실로 송부해 버린 탓이다.

이상한 일이네요. 교무부장이 강 교감에게 말했다. 교무부장과 교무기획이 재빨리 답안지 상자를 뒤져 15시험실 답안지 봉투를 찾아냈다.

답안지 봉투에 1교시, 2교시 모두 감독관이 작성한 결시생용 답안지가 있었다. 1교시와 2교시 시험에서 빠진 최현미 학생이 3교시에 불쑥 나타나 시험을 치고 있다니 어처구니가 없었다. 시험장 입실 시간을 마감한 후에 들어온 수험생은 없는데 어찌된 일인가? 강 교감은 복도감독관에게 확인을 해 달라고 지시했다.

3교시 시험이 끝나자 복도감독관에게서 연락이 왔다. 결시생으로 분류된 최현미 학생에게 확인해 보니 1교시 시험을 응시했으며 답안지를 제출했다고 했다. 2교시 수리영역만 입시에서 필요하지 않아 그 시간에 미응시생 대기실로 갔다는 말이었다. 조금 전에 대기실에서 잠을 자다 걸렸던 그 학생입니다. 시험에 관심이 없는 애가 꼭 말썽을 일으킨다니까요. 강 교감은 감독관을 향해 혀를 내밀던 학생의 맹랑한 모습이 선했다.

강 교감은 등에 진땀이 흘렀다. 답안지가 없어졌다니, 옆에 선 교무부장도 덩달아 얼굴이 하얘졌다. 교육청 상황실에서 결시생 숫자와 경위를 파악해 달라는 독촉전화가 다시 왔다. 신문 사회면에 큼지막하게 걸리기 좋은 뉴스거리였다. 언론은 수능에 관한 것이라면 시시콜콜한 사건에도 신경을 곤두세웠고, 학부형은 그런 소식에 예민하게 반응했다. 강 교감은 새 학기에 교장자격 연수를 받으러 갈 수 있을까 덜컥 겁부터 났다.

시험이 끝나면 회수한 문제지와 답안지를 감독관이 본부실로 가져왔다. 봉해 놓은 1교시 시험지 상자를 뜯는 교무부장의 손이 떨렸다. 교무부장이 1교시 해당 시험실 시험지 뭉치를 뒤지자 최현미 학생이 친 시험지가 튀어나왔다. 시험지에는 문제에 그은 줄과 정답 문항에 친 동그라미가 선명했다. 문제지는 있는데 답안지만 사라져 버린 셈이다.

어느새 파견관이 강 교감과 교무부장 사이에 들어와 있었다. 파견관은 학생이 쓴 문제지를 살피더니 본부실에서 답지와 문제지를 확인하는 검수요원을 불렀다. 강 교감은 파견관의 월권에 기분 나쁠 엄두도 나지 않았다. 검수요원인 박 교사는 본부실에 보이지 않았다. 대체 어디 간 거야. 강 교감은 박 교사가 검수요원이라는 데 불안감을 느끼면서, 박 교사를 찾으러 본부 요원을 보냈다. 본부실은 분위기가 갑자기 심각해졌다.

파견관은 말없이 검수대에 올려놓은 문제지 봉투를 지켜보았다. 강 교감 앞으로 붙어선 파견관의 마른 키가 훌쩍 커 보였다. 박 교사가 건들대며 들어섰다. 강 교감과 교무부장의 눈길이 일제히 박 교사에게 향했으나 그는 태연한 얼굴이었다. 강 교감이 문제지와 답안지 봉투를 내밀었다. 박 교사가 검수할 때부터 봉투에 결시생이 두 명으로 기재되어 있었소?

그런 것 같은데요. 박 교사는 애매하게 대답했다. 1교시에 결시생으로 처리된 최현미 학생이 시험을 쳤다는데 그 학생 답안지가 없어요. 박 교사는 의뭉스럽게 말했다. 시험을 쳤는데 답안지가 없다면 말이 안 되죠. 시험을 치지 않았겠지요. 가만히 생각해 보니 잘못된 답안지를 가려내 폐기한 기억은 나네요.

수험생이 잘못 작성해 폐기한 답안지라면 여분답지 봉투로 들어갔을 것이다. 교무부장이 여분답지 파지봉투를 가져왔다. 최현미 학생의 1교시 답안은 붉은 사인펜으로 엑스표가 그어져 여분답지 봉투에 들어 있었다. 답안지 판독기가 읽어내지 못할 상태였다.

박 교사가 서둘러 변명했다. 그 학생은 1교시 답안지 봉투에 결시생으로 표시되어 있었습니다. 강 교감이 말을 받았다. 1교시 감독관이 봉투에 결시생 수를 잘못 표시했다는 말이군요. 박 교사는 그 말을 듣자 힘이 났는지 당당하게 말했다. 그렇죠. 결시생으로 표시된 학생 답안지가 들어 있었습니다. 저는 당연히 폐기된 답지를 누가 잘못 넣은 것으로 생각했지요. 박 교사는 누구나 그렇게 하지 않았겠느냐는 표정으로 강 교감과 교무부장을 살펴보았다. 다른 본부요원들은 박 교사의 당당한 대답에 놀라 멍하니 서 있었다.

강 교감은 이미 못 쓰게 된 학생의 답안지를 보며 어지럼증을 느꼈다.

답안지 봉투에 결시생 숫자가 잘못 표시되어 있어도 어떻게 검수요원이 제출된 학생 답안지를 마음대로 폐기한단 말입니까.

저는 그냥 겉봉투 결시생 숫자가 맞지 않아서……. 박 교사는 어색한 표정을 지었다. 강 교감은 당연히 감독교사에게 확인을 해 봐야지, 라는 말을 속으로 삼켰다. 멀쩡한 답안지를 못 쓰게 된 일이 밖으로 새어 나가면 어떤 사태로 번질지 눈에 훤했다.

파견관이 앞으로 나서 강 교감과 박 교사를 번갈아 보았다. 파견관이 박 교사에게 날카로운 눈초리를 던지자 박 교사는 눈을 내리깔았다. 강 교감이 파견관에게 말했다. 시험이 끝나면 최현미 학생을 불러 답안지를 다시 작성해야 할 것 같습니다. 파견관은 고개를 끄떡이며 한마디 덧붙였다. 그 학생만 본부실로 데리고 와서 처리하십시오. 조용하게 말입니다.

3교시가 끝나자 복도감독관이 최현미 학생을 불러 답안지를 찾았으니 걱정하지 말라고 일렀다. 답안지가 한 장 모자라는 채로 시험시간이 지나갔다. 강 교감은 오랜 시간이 흐른 것처럼 느껴졌다. 허기가 차오르며 근육이 힘을 잃어 갔다. 노곤해서 팔을 들어 올리기가 귀찮았다. 강 교감은 이대로 주저앉아 깊은 잠 속에 몸을 뉘고 싶었다. 눈을 감았다. 아직은 없는 답안지가 어둠 속에서 깨진 유리조각같이 불쑥 튀어나와 안구를 찔렀다.

사위에 어둠이 밀려올 즈음 5교시 시험이 끝났다. 정문 밖으로 학부형이 까맣게 몰려들었다. 교문을 경계로 학부형들이 하나의 형체로 뭉쳐 닫힌 교문을 바라보았다. 둥근 선이 그어진 무리는 교문 양옆에 선 가로등 빛을 받아 뒤쪽으로 갈수록 희끄무레한 형체로 변했다. 어찌됐든 그들이 기다리는 자녀들은 시험을 끝낸 것이다. 강 교감은 교육청 본부에 시험종료 보고를 했다. 길게만 느껴졌던 오늘의 일정은 마무리를 향해 치달았다.

최현미 학생이 본부실로 불려 왔다. 두 명의 본부요원 앞에서 학생은 눈을 두리번거렸다. 교무부장이 예비실로 옮긴 학생에게 요점만 간략하게 전했다. 답안지에 문제가 생겨 똑같은 답안지를 한 번 더 작성해야 한단다. 교무부장이 빈 답안지를 건네자 최현미 학생은 소리를 질렀다.

싫어요!

지금까지 보여 준 모습에 어울리는 억센 목소리였다. 교무부장이 흠칫 손을 멈추고 강 교감을 뒤돌아보았다. 학생은 다시 퉁명스럽게 목소리를 올렸다. 싫어요. 난 답안지를 냈어요. 강 교감이 앞으로 나서서 폐기된 답안지를 보여 주었다. 누가 실수로 답안지를 못 쓰게 표시했거든. 새로 답안지를 내도 달라질 건 없어. 저번 답안지를 똑같이 베껴낼 뿐이야. 손해 볼 건 아무것도 없지.

싫단 말이에요. 최현미 학생의 대답은 매몰찼다. 적대감이 묻은 완고한 모습이었다. 교감의 말을 전혀 받아들이려 하지 않았다. 난 답안지를 제대로 냈어요. 학생은 폐기된 답안지를 가리키며 불길한 그 무엇을 내치듯이 손을 저었다. 교무부장이 다시 나섰다. 학생, 이건 별거 아니야. 단순한 착오야. 5분 안에 끝난다니까. 이번에도 마찬가지로 싫어요, 하는 대답이 돌아왔다. 이번 목소리에는 날이 서 있었다. 설득하려는 말이 거듭될수록 학생의 얼굴은 표독스럽게 바뀌었다.

허허, 학생, 참. 별일 아니래도. 두 답안지는 똑같아요. 교무부장이 웃으면서 학생의 팔을 잡았다. 최현미 학생은 교무부장의 팔을 거칠게 뿌리쳤다. 싫다니까요. 큰 소리가 귀를 막을 만큼 예비실을 쩡쩡 울렸다.

정말 왜 이래요. 왜 나를 괴롭히는 거예요.

여자 감독관이 다가섰다. 최현미 학생, 괴롭히는 게 아니라 잘 처리하자는 뜻이에요. 여자 감독관이 마음을 풀어 주려고 가볍게 어깨를 쓰다듬었다. 학생은 감독관의 손이 어깨에 닿자 눈을 치켜뜨고 빠르게 눈동자를 굴렸다. 그러고는 몸을 부르르 떨며 입술을 실룩거렸다. 어떤 커다란 발작이 학생의 몸에서 일어날 채비를 하는 것으로 보였다.

강 교감과 감독관들은 학생에게서 멀찍이 물러났다. 별 도리가 없었다. 강 교감이 학생에게 예비실 문을 열어 주었다. 그는 가방을 둘러맨 최현미 학생에게 미안하다고 말했다. 답안지는 문제없이 잘 처리할 테니 걱정하지 말라고도 했다. 시험감독관이 학생을 교문까지 데려다주었다. 수험생들이 빠져나간 교문은 순식간에 몰린 사람의 흔적을 지우고 텅 비어 버렸다. 최현미 학생은 그 교문에 마침표를 찍듯 걸어나갔다.

이제 이번 일은 빨리 마무리되어야 했다. 강 교감은 감독관을 밖으로 모두 내보냈다. 예비실에는 강 교감과 교무부장이 남았다. 강 교감은 단단한 어감으로 교무부장에게 말했다.

최현미 학생 일은 교무부장이 정리했으면 하는데…….

교무부장이 손에 든 서류를 책상에 놓았다. 교무부장의 눈빛이 망설이며 흔들리는가 싶더니 눈살이 이내 꼿꼿해졌다. 부장은 에두르지 않았다.

교감선생님, 제 사정 뻔히 알면서 그러시면 섭섭합니다. 지금도 동기들보다 늦은데 이번에 밀리면 승진은 영 어렵습니다.

강 교감은 교무부장의 날선 목소리에 일을 떠넘긴다는 미안함이 사라졌다. 승진해 관해 따져 보면 교감도 마찬가지 처지였다. 강 교감은 목소리를 낮췄다.

별일 없을 걸세.

강 교감의 희망이었다. 사건이 어떤 방향으로 나아갈지는 아무도 몰랐다. 가장 좋은 시나리오는 이 사건이 작은 해프닝으로 끝나, 머지않아 감독관들의 기억 속에서 사라지거나 술자리 잡담거리 정도로만 남는 것이다. 악몽의 가능성도 문을 비스듬히 열어 놓았다. 강 교감은 신문 사회면에 '답안지가 없다'라는 큼직한 제목의 기사가 실려 자신을 조롱하는 장면을 떠올렸다.

교무부장은 물러서지 않았다. 이번에 물러나면 손에 쥔 교감 자격이 날아 갈 것처럼 완강했다. 교무부장은 자신의 뜻을 한마디로 정리해 다시 알렸다.

더 말씀드리지 않겠습니다.

강 교감은 아무 말도 하지 않았다. 박 교사를 불러와 짐을 넘기는 건 가망이 없었다. 박 교사는 펄쩍 뛰며 손을 내저을 것이다. 더구나 박 교사는 입단속을 시켜도 어디든 사건을 떠들고 다닐 인물이었다.

강 교감은 섭섭한 기운이 묻어나지 않도록 주의하면서 매듭을 지었다.

알았소. 내가 알아서 조치하지요.

교무부장은 그 말이 떨어지자 미안한 기색을 내보였다.

교감선생님, 죄송합니다. 제가 남에게 미루는 성격이 아닙니다만 지금 처지가…….

강 교감은 지친 웃음을 흘렸다. 내가 어떻게 너를 밀어줬는데, 하는 분한 마음도 더 이상 끼어들지 않았다. 서글프다는 느낌을 한꺼번에 밀어내는 피곤이 몰려오면서 그는 혼잣말을 했다.

그 마음 알아. 교감자격 얻기 전까지가 얼마나 고단한 행로인지 나도 잘 알지.

강 교감은 교무부장에게 새 답안지를 달라고 했다. 최현미 학생이 아니라도 누군가는 폐기된 답안지와 똑같은 새 답안지를 만들어 놓아야 했다.

강 교감은 막 올라온 본부요원에게 물었다. 본부는 어떤가? 15시험장 1교시 답안지만 빼고 모든 답안지를 확인했습니다. 봉인절차만 남았습니다. 박 교사는 빠졌지? 예. 강 교감이 웃었다. 그래, 박 교사만 빠지면 잘될 거야.

강 교감은 교무부장과 본부요원을 내보냈다. 그는 예비실에 앉아 책상에 폐기된 답안지와 새 답안지를 올려놓았다. 학생이 처음 답안지에 쓴 이름은 단순한 한글이었다. 누구라도 베껴 쓸

만한 글씨체가 강 교감은 고마웠다. 그는 한 문항씩 답안을 비교하며 새 답안지를 작성했다. 컴퓨터 판독용 펜으로 표시를 하는 건 정말 오랜만이었다.

강 교감의 오른손이 떨렸다. 그는 떨리는 손을 바라보며 잠시 숨을 몰아쉬었다. 답안표식이 칸에서 조금 어긋났다. 답안을 하나씩 표기할 때마다 몸이 점점 오그라드는 것 같았다.

절반쯤 답안을 옮겼다. 거대한 돌덩이가 자신을 짓누르는 것 같았다. 아버지는 죽기 직전까지 회사 프로젝트에 매달려 머리를 푹 집어넣고 허우적댔다. 아버지가 이런 심정으로 일을 쳐 냈을까. 마지막 문항에 답을 써 넣으면서 길게 한숨을 쉬었다. 마킹을 하는 오른손이 심하게 떨렸다. 왼손으로 경련을 일으키는 오른손을 꽉 붙잡았다. 강 교감은 학생 이름을 답지 서명란에 썼다. 변명할 여지없는 위조군. 강 교감은 새로 만든 답지를 서류 봉투에 넣었다. 폐기한 답지는 주머니에 쑤셔 넣었다. 몸이 너무 무거워 의자에서 일어나기가 힘들었다.

본부실은 시험 감독을 마치고 돌아온 감독관들로 혼잡했다. 아직 봉하지 않은 15고사장의 답안지는 파견관이 있는 자리에 놓여 있었다. 교감은 아무 말 없이 새로 작성한 답지를 내밀었다. 답지를 기다리던 검수요원이 재빨리 답안지를 봉해 책상에 올렸다. 파견관은 두 걸음 떨어져서 비스듬히 몸을 돌린 채로 서 있었다. 어느새 박 교사가 다가와서 낮은 어조로 말했다. 그 학생이 새로 답지를 만들었다면서요. 잘될 줄 알았습니다. 이거 죄송해서 어쩌지요. 웃음까지 머금은 박 교사는 전혀 죄송하지 않은 어투였다.

강 교감이 15고사장 답안 봉투를 넘겨주자 교무부장과 검수 요원이 검수대 위에 올린 답안지를 순서대로 봉하고 상자에 담았다. 강 교감은 파견관을 향해 얼굴을 돌렸다. 파견관은 멀찍이 서서 지켜보았다. 강 교감이 상자를 봉하도록 지시하자 감독요원들이 봉인 도장을 찍었다.

강 교감은 파견관에게 다가섰다. 시험은 다 마쳤습니다. 파견관은 가볍게 고개를 끄덕였다. 부는 바람에 고개가 흔들렸나 싶은 미세한 동작이었다. 그는 파견관에게 한마디 더 해야 할 의무를 느꼈다. 파견관님은 그 학생의 폐기된 답안지 사건을 본 적이 없는 걸로 해 놓겠습니다. 파견관의 얼굴에는 아무런 움직임이 없었다. 강 교감은 잠시 파견관이 자신의 말을 듣지 못했는가 생각했다. 그럴 리가 없었다.

시험장 책임관인 교장은 이미 답안지 상자의 인수인계증에 도장을 찍어 놓은 상태였다. 파견관도 날인을 마쳤다. 감독교사들이 옷깃을 올리며 빠져나갔다. 바람소리가 세찼다. 박 교사의 요란한 목소리가 본부실을 울렸다. 저녁이 되니 꽤 춥네. 뜨끈한

국물에 한잔하러 갑시다. 다른 목소리가 뒤를 이었다. 좋지요.
사람이 빠져나가 썰렁해진 본부실은 교무부장과 본부실 요원
몇 명이 뒷정리를 했다.

강 교감은 돌아서서 교육청에 제출할 답안지 상자와 제출 서
류를 점검했다. 내려갑시다. 파견관이 나직이 말했다. 차가운 목
소리가 새벽에 출발하면서 낸 목소리와 똑같아, 강 교감은 오늘
아침으로 되돌아가 다시 하루를 시작하는 듯한 착각에 빠졌다.

교감 책상 위의 전화벨이 울렸다. 강 교감은 불길한 예감을 누
르면서 수화기를 들었다.

나, 오늘 시험 친 학생 아버지요.

네? 누구시라고요?

오늘 시험 본 최현미 아비 됩니다.

강 교감은 답변을 천천히 늦추었다.

아. 네…….

그게 도대체 무슨 일입니까?

무슨 일이…….

아이 답안지가 없어졌다면서요. 웬 날벼락입니까.

착오가 있었습니다만 잘 마무리 되었습니다. 걱정 안 하셔도
괜찮습니다.

당연히 잘 되어야죠. 그런 어이없는 일이 어째서 일어납니까?

교육청에 물으니 그쪽에서도 놀랍디다.

강 교감은 숨을 들이쉬었다.

심려를 끼쳐 죄송합니다.

뭐, 하여튼 문제가 없다니 두고 봅시다.

전화를 끊고 닥친 공허감이 잠깐 조는 사이에 찾아온 심연을 닮았다. 시퍼렇게 깊이를 알 수 없는 어둠. 교무부장은 강 교감 옆에서 인상을 찡그리며 서 있었다. A신문사에서 교육청을 담당하는 황 기자가 급히 전화를 걸어 왔다. 그는 여기저기 변죽을 건드리며 기삿거리가 될 만한지 계산하는 목소리를 쏘아 댔다. 기자는 강 교감이 별일 아니라며 무심히 전하는 전갈을 마구 밀치고 들어섰다. 그는 사태를 거칠게 파악하고, 성에 차지 않는다는 헛웃음을 치며 전화를 끊었다. 그 웃음소리는 전화기에서 오랫동안 번져 나왔다.

강 교감은 수화기를 내려놓고 교무부장을 바라보았다. 그는 교무부장의 어깨를 두드리며 고생했다는 말을 하려 했다. 강 교감이 입에서 그 말이 왜 빨리 나오지 않나 스스로 의아해하는 사이, 강 교감을 보는 교무부장의 눈이 커지고 안색이 변했다. 교무부장의 입이 벌어지며 아, 하는 소리가 새어나왔다.

강 교감은 교무부장이 왜 갑자기 뛰어올랐는가 생각해 보았다. 교감의 눈에 교무부장이 입은 양복 허리띠가 보이고 무릎이 나타났다.

　강 교감은 오른손으로 가슴을 꽉 쥐었다. 그제서야 그는 가슴을 찌르는 통증을 느꼈다. 다리가 꺾이면서 바닥에 뒤통수를 부딪쳤다. 강 교감에게는 둔탁한 그 소리가 최현미 학생이 부르짖던 고음의 목소리처럼 들렸다. 그 고음에 답안지 작성을 거부하는 교무부장의 차가운 목소리가 겹치더니 이윽고 차츰 사라졌다.

작화증 사내

315호실은 3층 병실 끝이었다. 박이 찾아가자 작화증 사내가 정중하게 맞아들였다. 그 방은 창살 달린 좁은 창문만 아니었다면 병실이라기보다 학자가 쓰는 서재처럼 보였다. 벽을 채운 책장에는 책이 가득했고 갖가지 장르의 영화 DVD가 책장의 한 칸을 채웠다. 소형 냉장고 위에 커피포트가 놓여 있고 침대를 붙인 벽면에 텔레비전까지 걸렸다. 정신병원만 아니라면 꽤 근사한 독실이었다.

박은 사내가 따라 준 커피잔을 들고 책장을 훑어보았다. 두툼한 양장본 책을 보던 노인 환자가 생각났다. 노인은 자신이 가진 유일한 책 한 권을 두고 뒤에서부터 중얼거리며 읽곤 했다.

책을 다 읽으면 앞에서부터 다시 꼼꼼하게 책장을 넘겼다. 손때가 묻어 시커멓게 변한 책은 항상 노인을 지켰다. 재미있느냐고 물으면 노인은 절망적인 표정으로 어렵다는 말만을 되풀이했다. 여기 작화증 사내는 제대로 책을 읽고 있기는 한 걸까?

박은 책장에서 책을 한 권 빼 들었다. 한 정신병 환자가 쓴 회상록이었다. 몇 구절에 연필로 줄을 그어 놓았고 여백에는 간단한 메모가 씌어 있었다. 정신병 환자가 같은 정신병 환자의 책을 읽는다? 박은 속으로 실소를 내뿜으며 메모를 들여다보았다.

미치광이들이 내뱉는 헛소리.

박은 자신의 속마음을 간파해서 보낸 쪽지 같아 뜨끔했다. 책이 볼 만하더냐고 묻자, 사내는 고개를 옆으로 젓다가 가볍게 끄덕였다. 볼 만하다는 말인지 아닌지 해독하기 어려운 제스처였다. 박은 분위기를 어색하게 만든 책을 다시 책장에 꽂아 넣고 침대에 엉덩이를 올렸다.

박이 이 사내를 만난 건 이틀 전이었다. 315호실 환자 보러 갈래요? 임상심리사의 권유에 박은 살펴보던 환자 기록지를 책상에 내려놓았다. 의자에 등을 기대며 고개를 드니 여자는 거울 앞에서 옷매무새를 다듬고 야무지게 흰 가운을 여몄다. 어떤 환자죠? 거짓 이야기에 빠진 이상한 남자예요. 여자가 상담일지를 가방에 넣으며 낮은 어조로 대답했다.

사실 이상한 사람이라면 정신요양병원에 널려 있었다. 민머리 환자는 늘 결재받는 직원이 늦는다고 떠들어 대곤 했다. 그는 사업을 점검하고 자금을 지출하느라 머리가 꽉 차 있었다. 박이 남자에게 회사 사정을 물어 보면 남자는 대수롭지 않은 표정으로 새로 산 공장부지와 직원 이름을 일러 주었다. 납품처에서 결재대금을 늦게 지급한다며 투덜대기도 했다. 그는 알코올중독으로 인해 전두엽 기능이 마비되어 제멋대로 공상이 뻗어 나가는 환자였다. 머리가 허옇게 센 할머니는 창틀에 집게손가락과 가운뎃손가락을 똑바로 세워 번갈아 가며 짚었다. 느릿하게 손가락을 움직여 복도 창틀을 한 바퀴 도는 데 꼬박 반나절이 걸렸다. 간호사가 귀띔을 해 줘서 박은 치매에 걸린 할머니의 밭 가는 노고를 알게 되었다. 할머니는 창틀 하나를 끝내면 허리를 두드리고 긴 한숨을 쉬며 끝없는 노역을 계속했다.

박은 치매와 알코올중독과 정신병에 걸린 이상한 사람들에 기대어 생활하려는 수습직원이었다. 그는 환자들이니까 으레 그러려니 하면서도 예상을 벗어나는 행동에 부딪치면 당혹스러웠다. 이번에 만난 사내는 거짓 이야기에 빠진 사람이었다. 이건 또 뭔가?

임상심리사를 뒤따르며 박은 창살 친 복도 창문 밖으로 시선을 던졌다. 환자들이 팔을 앞뒤로 돌리거나 다리를 앞으로 차기도 하며 벽을 따라 걷고 있었다. 산책하는 환자들 옆으로 운동장이 붙어 있어 겉으로 보기에는 쾌적한 모습이었다. 운동장 경계를 따라 튼튼하게 둘러 친 울타리 뒤로, 철제 울타리가 풍기는 살풍경한 인상을 지우려는 듯 사철나무와 벚나무가 줄을 지었다. 벚나무가 이어지는 모서리 즈음에는 삼나무 몇 그루가 흐트러지지 않는 몸매로 하늘 높이 가지를 펼쳤다.

넓찍한 정원과 운동장은 이 병원의 자랑이었다. 정부보조 없이 의뢰인들이 내는 비용으로만 운영되는 병원은 입원대기 환자가 있을 만큼 평판이 좋았다. 환자 가족들은 잘 가꾸어진 정원과 운동장에 만족하여 밀폐된 곳에 환자를 넣는다는 부담감을 덜었다. 그러고는 한결 평온한 마음으로 돌아갔다.

박은 경비가 지키는 출입문을 지나 상담실로 들어갔다. 사무실과 병실 사이에 있는 상담실은 베이지색 벽지를 발라 놓았고, 한 움큼이나 될까 싶은 채광창이 나 있었다. 둥근 모서리에 부드러운 재질로 만든 의자와 탁자가 가운데를 차지했다. 간호사가 데려온 환자는 병실 쪽 출입문을 통해서 들어왔다. 출입문 여는 소리에 임상심리사는 작화증 환자라며 낮은 목소리로 박에게 일러 준다. 단어를 제대로 듣지 못해 박이 여자 쪽으로 고개를 기울였다. 공상을 실제 일처럼 말하면서 허위라고 깨닫지 못하는 병이에요. 저 환자는 비밀 이야기를 잘 지어내죠.

　작화증 환자는 작은 몸집에 두꺼운 안경을 쓴 삼십대 중반의 사내였다. 사내는 골똘한 생각에 잠겨 있다가 막 깨어난 모습으로 조용히 발을 옮겼다. 두 발을 가지런히 모아 단정하게 앉은 그는 고개를 숙인 채 상담실 탁자에 손을 올려놓았다. 그는 환자라기보다 면접을 보러 온 신입사원이나 고해를 하러 온 신자처럼 보였다.

　임상심리사는 입술을 다물고 도전적인 눈매로 서류철을 폈다. 박이 종이컵에 커피를 뽑아 와 책상에 올려놓았다. 임상심리사는 처음엔 날씨와 같은 가벼운 말을 이어가다 얼마 전에 병원을 그만둔 간호사 이야기로 넘어갔다. 화제에 오른 그 간호사는 다른 도시에 있는 병원으로 옮기겠다면서 갑자기 사직했다. 그 간호사가 병실에서 일을 잘했지요? 작화증 사내가 고개를 끄덕였다. 임상심리사가 물었다. 뮤지컬을 좋아하고 연예인 팬클럽 같은 동호회 활동도 열심이었어요. 그러다가 별안간 사라졌어요. 그녀에게 어떤 비밀이 있었나요? 환자에게 직원 비밀을 묻는 것도 치료기법인가 생각하며 박은 임상심리사를 지켜보았다.

　사내는 달콤한 아이스크림을 한입 가득 베어 문 아이처럼 미소를 지었다. 어떤 비밀을 떠올린 것인지 몽롱하고 황홀한 기색이었다. 사내는 임상심리사에게 바짝 다가붙으면서 몸을 앞으로 꺾어 목소리를 낮췄다. 그가 속삭이는 소리에 임상심리사가 귀를 기울이더니 눈썹을 모으며 고개를 끄덕였다. 작화증 사내가 검지와 중지를 모아 탁자를 톡톡 두드렸다. 사내의 이야기는 느리게 이어지다가 때로는 빨라지면서 톤이 올라가기도 하여 듣는 사람을 집중시키는 묘한 힘이 있었다. 임상심리사가 박을 돌아보자 박은 자리에서 일어나서 밖으로 나갔다. 어차피 그곳에 있어도 사내의 이야기를 알아듣기 어려웠을 것이다.

박이 돌아오자 작화증 사내의 얼굴이 벌겋게 달아 있었다. 이야기는 정점을 지나 마무리에 접어들었다. 임상심리사에게는 사내가 하는 이야기에 몰입하면서도 거리를 두고 사내를 관찰하는 치료자의 태도가 배어 있었다. 임상심리사는 상담일지에 몇 가지 표시를 하며 메모를 했다. 그 간호사가 그래서 급히 사라졌군요, 하고는 가운 포켓에 볼펜을 집어넣었다.

임상심리사가 복도를 걸으며 말했다. 우리가 작은 단서를 주면 환자는 매일 직원들에 관한 비밀을 만들어 내죠. 작화증 환자의 얘기에 따르면 여기 직원들은 뉴욕 일류 레스토랑 출신 요리사가 되었다가, 사모하는 뮤지컬 배우를 죽이고 도망간 광적인 팬으로 변하기도 하며, 호시탐탐 동생을 죽이고 싶어 하는 카인이 되기도 해요. 심지어 UFO에서 파견 보낸 감시원도 있답니다. 저 남자의 얘기는 대부분 거짓이지만 그중에는 진실도 섞여 있죠. 그래서 긴장해서 들어야 해요. 저는 그 이야기를 듣고 보고

서를 만들어요. 그게 바탕이 되어서 저 작화증 환자의 퇴원 시기를 잡는 거예요.

박이 물었다. 그만둔 그 간호사와는 연락이 되나요. 아뇨, 회사를 관둔 뒤론 연락이 닿지 않아요. 그럼 저 환자 말이 어떻든 거짓이라는 증거는 없잖아요. 여자는 박을 쳐다보며 어이없다는 표정을 지었다. 정신 차려요. 저 환자의 증세가 전염됐나 봐요. 작화증도 어떻게 보면 전염성이 강한 병이니까요.

거짓 이야기를 지어낸다지만 별 피해를 끼칠 것 같지 않은데요. 박이 말하자 임상심리사가 멈춰 섰다. 해를 등에 진 여자의 표정이 후광에 가려 읽히지 않았다. 거짓말을 밥 먹듯이 하는 사람이 사회에 나간다고 생각해 보세요. 사회 질서가 어떻게 되겠어요? 사회 질서를 어지럽히는 인간은 당연히 격리시켜야죠. 그게 정신 요양원의 존립 이유 아닌가요?

박은 환자를 병실에 가둬 놓아 작화증 증세가 호전된다는 의견에 동의하기 힘들었다. 오히려 이곳의 폐쇄성이 환자로 하여금 더 깊은 공상을 불러 이상한 얘기에 더욱 빠져들게 하지는 않는지 의심스러웠다.

작화증 환자가 박에게 커피를 더 따라 주었다. 커피가 차오르는 소리에 상념에서 깨어난 박은, 침대에서 엉덩이를 일으켜 환자가 앉은 책상 옆으로 옮겨 앉았다. 창살에 곤줄박이가 날아들었다. 새는 옆구리 부위에 오렌지 빛을 내며 창살 틈에 고개를 들이밀어 안을 기웃대었다. 그러다, 남자 두 명이 커피를 마시며 앉은 심심한 풍경에 꽁지를 흔들고 날아가 버렸다.

언제부터 비밀스런 이야기를 좋아했나요? 박이 사내에게 물었다. 사내는 초등학교 3학년부터 그랬다고 대답했다. 수업시간에 멍하니 공상에 빠져 있다가 선생님한테 야단을 많이 맞았지요. 복도에 앉아 무릎을 꿇어 벌을 받는데, 온갖 이야기가 어지럽게 솟아났어요. 창문과 문짝 같은 사물만 봐도 이야기가 찾아들었지요. 그래서 일부러 벌 받기를 기다리기도 했죠.

박이 작화증 사내에게 사진 두 장을 건네주었다. 이 사진에 어떤 비밀이 들어 있는지 말해 보세요. 인터넷에서 검색해서 되는 대로 뽑아 낸 사진이었다. 두 사진은 아무런 연관이 없었다. 앞장서서 바다에 뛰어드는 펭귄의 뒤로 나머지 펭귄들이 무리 지어 차례를 기다리는 사진과, 일본군이 눈가리개를 쓴 포로의 머리 위로 날 선 군도를 치켜든 사진이었다.

작화증 사내는 박이 건넨 사진을 손에 들고 이리저리 돌려 보기도 하고 거꾸로 놓아 보기도 하였다. 그러고는 사진을 가만히 둔 채 눈을 감았다. 창 밖에 조그맣게 지저귀는 새 소리가 들려왔다. 넘어가는 해가 삼나무 그림자를 병실 안으로 던져 넣었다. 입을 달싹이던 사내는 감았던 눈을 뜨고 이야기를 늘어놓기 시작했다.

펭귄이 차가운 바다로 뛰어듭니다. 맛있는 먹이가 기다리고 있으니까요. 긴 겨울이 끝났으니 이제 슬슬 배를 채울 땝니다. 그런데 바다표범이 기다리고 있습니다. 바다표범에게는 펭귄이 먹잇감이죠. 바다표범이 날카로운 이빨로 펭귄을 잡아채면 몸이 쭉 찢어져 피가 뿜어 나옵니다. 맨 앞에 있는 펭귄은 뒤뚱뒤뚱하며 뛰어들기를 망설입니다. 바다 앞에는 삶과 죽음이 동시에 입을 딱 벌리고 있을 테니 말이죠. 앞에 있는 놈이 물속으로 뛰어들면 뒤에 있는 펭귄들이 뒤따라 뛰어듭니다. 누가 먼저 뛰어드는가? 이것은 펭귄 세계에서 태초로부터 내려온 고민입니다. 그래서 펭귄들은 너나없이 맨 앞에 서는 걸 싫어하지요. 어쩌면 제일 앞에 서는 놈이 펭귄 사회에서 가장 바보인지도 모릅니다. 펭귄 사회에도 원로들과 지도자가 있어 회의를 열었지만 별 뾰족한 방법이 없었어요.

작화증 사내가 박을 장난기 가득한 눈으로 바라보았다. 사내는 몽상 속에서 사는 정신병자라기보다 그저 개구쟁이 소년 같았다.

어느 날 펭귄 지도자 회의에서 비법을 내놓았습니다. 그래서 펭귄 무리를 전부 불러 모았어요. 육지 끝에 튀어나온 땅, 즉 삼면이 바다인 곳이지요. 빽빽하게 정렬을 하고, 지도자의 구령에 맞춰 행진을 시작합니다. 앞으로 갓, 뒤로 갓, 원으로 반 바퀴 돌아서 갓, 중간을 반으로 나눠 뒤쪽이 앞으로 갓, 앞쪽이 뒤로 갓, 뒤쪽 네 줄이 앞으로 나서서 갓, 앞쪽 네 줄이 중앙 네 줄과 자리 바꿔 갓. 끝없는 행진을 시킵니다. 바다표범이 바닷속에서 펭귄을 기다리다 지쳐 정신을 잃을 지경입니다. 정신없이 돌다 보면 어지럽고, 몸도 휘청거리고, 배도 고프며 땀도 나고, 자신이 무슨 일로 이렇게 뒤로, 옆으로 도는지 잊어먹을 정도가 되면 별안간 이런 명령이 떨어집니다. 맨 앞줄 세 번째 펭귄, 바다로 점프. 그 뒤를 따라 첫째 줄부터 투신! 세 번째 펭귄이 자신 있게 나서서 다이빙 동작을 취하면 그제서야 바다표범이 수면 위로 떠오릅니다. 세 번째 펭귄이 주춤주춤 물러서면, 뒤에 있는 펭귄이 불쑥 배를 내밀어 앞으로 밀어냅니다. 앞으로 떠밀린 셋째 펭귄, 땅끝에 걸친 앞발 반쪽으로 무게중심이 쏠려 뒤뚱뒤뚱 떨어지는 거죠. 보이시죠. 왜 나야? 하고 중얼대는 저 얼굴을. 눈을 가리고 처형을 기다리는 병사의 표정 같은 펭귄의 얼굴을 말입니다. 그 한 마리를 따라 수백, 수천 펭귄들의 투신이 이어집니다. 처음 한 마리가 모든 불안과 공포를 몰고 가 버렸다는 듯, 바다표범이 없을 거라는 착각에 빠지면서.

작화증 사내는 자신이 바다에 뛰어드는 펭귄이 된 것처럼 양손을 파득대고 상체를 뒤뚱거리며 이야기에 몰두했다. 바다표범이 그를 향해 달려오는 것처럼 몸을 흠칫 떨기도 했다. 박은 하마터면 웃음을 터뜨릴 뻔했다. 그러면서 박은 가슴 한쪽으로 지나가는 서늘한 기운을 느꼈다. 사내가 제멋대로 지어낸 그 얘기가 사내나 박과 무관하지 않은 인간 사회의 일면과 닮았을지 모른다는 느낌이 들었다.

이야기를 써 놓은 적이 있나요? 박이 물었다. 뭣 때문에요? 작화증 사내는 눈을 크게 뜨며 반문했다. 어디에든 쓰일 곳이 있지 않나 해서 한 말입니다. 재밌는 환상시리즈로 책을 엮어도 좋을 것 같네요. 환자는 뚫어지게 박을 바라보았다. 선생은 내가 여기 왜 오게 되었는지 모르는 모양이군요. 저는 이야기를 글로 남기지 않습니다. 그저 말로 내뱉은 것만으로도 내 인생은 엉뚱한 선로로 옮겨졌으니까요.

작화증 사내가 박에게 다시 커피를 따라 주었다. 커피포트와 잔은 병실에서 허용되지 않는 물건이었다. 커피를 마시며 박은 문득 이 방에 유달리 그런 물건이 많다는 생각을 했다.

어떤 이야기로 인생이 바뀌게 되었지요?

사내는 잠시 박을 뚫어지게 바라보았다. 선생이 내 얘기를 비웃지 않는다면 들려드리지요. 비웃다니요. 그건 지나친 억측입니다.

사내는 자신이 앉은 의자를 박의 무릎 가까이 당겨 바짝 얼굴을 들이밀었다.

나는 철강제품을 판매하는 회사에 다녔소. 15층에서 일했는데 어느 날 벼락이 쳤어요. 그때 내 머릿속에 이야기 하나가 들어왔지요. 반짝반짝 빛나는 노란 나비가 황금빛 가루를 공중에 온통 뿌려 놓더군요. 잠시 후 그 가루가 하나로 뭉쳐 사각형 물체로 변하더니 나를 불러 대었소. 그건 금괴였소. 회사 어딘가 감춰진 비밀금고가 환상으로 나타난 거요. 사장이 금괴와 외화를 숨겨 둔 사연이 내 머릿속에서 마구 가지를 치며 자라났소. 이야기를 꺼내지 않으면 가슴이 터지려고 해 도무지 견디질 못했소. 가슴을 짓누르는 압박을 버티지 못하고 동료들에게 얘기하고 말았지. 18층 벽 속에 금고가 있다고. 며칠 뒤 국세청과 검찰이 합동으로 회사를 수색하기 시작했소. 그들은 19층 책장 뒤에서 금괴와 달러 뭉치가 들어찬 비밀금고를 찾아냈지요. 어떻소? 18층이 아니라 19층이어서 다행이었을까요?

박은 이 얘기를 믿어야 할지 망설여졌다. 소설에서 본 사건을 자신이 겪었던 것처럼 꾸며냈을 수도 있지만 작화증 사내가 보여 주는 진지함에 문득 사실일지도 모른다는 생각이 들었다. 사내는 이야기를 경청하는 박에게 미소를 보냈다. 박은 사내가 여기 들어온 경위가 궁금했다.

작화증 사내는 여기 입원한 경위를 어떻게 파악하고 있을까?

그는 병원과 자신의 관계에 대한 거대한 허구를 만들어 만족하고 있는지도 몰랐다.

　우리 가족은 교수 집안이오. 아버지와 큰형이 교수고 여동생은 약사로 일하죠. 나를 이곳으로 보낸 사람은 아버지였지요. 아버지가 자식을 정신병원에 왜 처넣었을까요? 내가 아버지의 비밀을 숨기려 들지 않았기 때문이요. 아버지가 자기 친구의 어린 딸을 건드렸다고 말했거든요. 나도 아는 아인데 그 애가 우리 집에 일주일간 머무른 적이 있었어요. 부모들이 외국여행을 나가면서 잠시 우리 집에 맡겨졌지요. 어느 날 아버지가 두꺼운 커튼이 쳐진 서재에서 그 애를 쓰다듬는 모습을 봤어요. 나는 그게 단순히 귀여워서 하는 표현을 넘어선다고 단정했지요. 마치 아버지 마음 한구석의 심연이 보이는 느낌이었어요. 그래서 이건 아니다 싶어 가족들에게 말했지요. 가족들은 화가 머리끝까지 나서 내게 방에서 나오지 말라고 명령했어요. 나는 방에서 혼자 밥을 먹게 되었소. 그때부터 아버지는 나를 정신병원에 넣을 궁리를 했지요.

　심연이 보인다고 했는데 제게도 그런 모습이 나타나는가요, 하고 박이 물었다. 아뇨, 관심 없는 사람의 심연은 보이지 않지요. 작화증 사내는 태연하게 말했다. 탄탄하게 앞뒤를 맞춘 사내의 말이 어디까지 허구인지 박은 감을 잡기 어려웠다.

그날 밤, 박은 작화증 사내의 꿈을 꾸었다. 꿈속에서 사내는 점점 커지는 회색 공에 깔려 비명을 질렀다. 공의 무게로 깔린 몸통이 길게 늘어나 멀어진 발이 겨우 보였다. 사내는 가쁜 숨을 몰아쉬면서 필사적으로 몸을 빼내려 몸부림쳤다. 사내가 견디지 못해 타인의 비밀을 크게 소리치자 공의 크기가 조금씩 줄어들었다.

임상심리사는 박이 혼자 315호실 환자에게 드나든 사실을 알고 박을 질책했다. 보고도 없이 315호실에 들락거리면 곤란해요. 정신병자에게 마음을 터놓으면 그들에게 끌려들어 간다는 걸 모르세요? 앞으로 마음대로 드나드는 건 삼가하세요. 박은 강압적인 임상심리사의 말투에 불쾌감을 숨기며 대꾸했다. 저 남자가 정신이상이라고 믿어지지 않아서요. 만약 저 사람이 바깥 사회에 있었더라면 기발하기도 하고 재미가 넘치는 사람으로 보였을 텐데요?

글쎄 그게 그 사람한테 이미 말려든 거라니까요. 저 작화증 사내가 회사에서 무심하게 지어낸 얘기로 일으킨 소동이 한둘이 아니었어요. 그래서 여기까지 끌려온 거예요. 제일 가까운 주변 사람들이 인정했어요. 저 사람은 자기가 본 영화와 책이나 신문, 텔레비전과 같은 온갖 잡동사니를 대담하게 섞어 탁월하게 이야기를 버무려 내요. 누구든지, 뭐든지 엮어서 이야기를 만들어

내죠. 더 두려운 건, 그걸 본인이 철석같이 믿는다는 거지요. 악성 작화증 증세입니다.

임상심리사의 목소리가 높아졌다.

그리고 무엇보다 중요한 건 저 남자의 작화증 증세가 개인 차원을 넘어 사회적인 문제로까지 번진다는 거예요.

그게 무슨 말이죠?

인터넷 매체나 트위터, 페이스북 등의 소셜 네트워크를 통해서 개인은 물론이고 사회단체나 국회, 정부 등 대상을 막론하고 공격한다는 겁니다.

공격을요? 어떻게요?

저 남자가 지독하게 미워하는 우리 지역의 시장이 있었어요. 시의원으로 출발해서 시장으로 재선까지 된 K라는 사람이죠. 그런데 저 사람이 시장을 미워하는 이유가 터무니없어요. 그냥 인물이 마음에 안 들고 목소리가 듣기 싫다는 거예요. 시장이 주민들 살림살이만 잘 챙겨 주면 되지, 인물이니 목소리가 좀 나쁘면 어때요? 아무나 시장에 당선되나요. 다 그만한 능력이 있어서가 아니겠어요?

왜요? 그럴 수 있죠. 시장도 일종의 인기를 다투는 직업인이라고 볼 수 있고, 생김새나 목소리가 나쁘면 미워할 수도 있지 뭘 그래요? 그런데 그 시장에게 저 사람이 무얼 어쨌는데요.

저 남자가 K 시장과 여비서가 은밀한 관계라는 소문을 슬쩍
흘렸어요. 예를 들면 이런 거죠. K 시장이 추진한 광장사업 뉴스
가 인터넷 신문에 떴어요. 그러자 저 사람이 기사 밑에 댓글을
단 거죠. K 시장이 여비서와 그렇고 그런 사이인데다 애까지 있
다는 소문이 있는데 사실인지는 잘 모른다고. 그게 뭐예요. 소위
말하는 네거티브 아닌가요? 그런 다음에는 그 이야기를 구체적
으로 발전시켜 어느 취미 카페에다 다른 닉네임으로 또다시 글
을 올렸어요. 연말쯤에 어느 호텔에서 두 사람을 발견했다는 식
으로, 마치 직접 목격한 것처럼 말이에요. 승용차 이름과 호텔
이름, 그리고 여자가 입은 옷차림까지 정확하게 올렸지요. 그러
자 다른 네티즌이 자신도 봤다는 댓글을 달았어요. 두 사람이 어
느 동네에 있는 아파트에서 비밀스런 동거를 하는 것 같다는 내
용이었지요. 그러자 또 다른 댓글이 달렸는데, 그게 뭐 대단한
뉴스냐, 그건 어지간한 사람은 알고 있다는 식의 내용이었어요.

K 시장이 가만있었어요?

그래요. 시장은 가만있었죠. 아마도 네거티브에 일일이 대응
하면 오히려 손해라고 생각했는지 모르지요. 아니면 이니셜이나
특징만 지칭한 걸 괜히 건드리면 몽땅 뒤집어쓴다고 봤을지도
모르고요.

댓글에 달린 얘기들이 전부 사실일지도 모르잖아요.

글쎄요. 그건 모르죠. 중요한 건 저 남자가 댓글을 단 시점에는 그가 K 시장에 대해서 아무것도 몰랐다는 거죠.

몰랐더라도 결과가 진실이라면 제보도 진실이 되는 게 아닌가요?

루머에 초점이 맞춰지면서 K 시장이 추진했던 광장사업은 결국 시의회를 통과 못했지요. 그러자 광장 예정지 주위의 낡은 주택단지 주민들이 들고 일어났어요. 그 사람들이 추진한 재개발 사업이 광장과 연결도로라는 호재를 잃어버려 난관에 빠져 버렸으니까요. 수천 명의 사람들이 불이익을 받은데다 시의회에서 농성을 벌이는 과정에서 주민 한 사람이 사고로 죽고 말았지요. 재개발이 미뤄지면서 대출이자를 못 갚은 투자자 두 명이 연달아 목숨을 끊었고요. 주민들이 시청 앞에서 시위를 하고 촛불집회를 하면서 사회를 혼란 속으로 밀어 넣었어요.

임상심리사는 노기까지 띠며 목소리를 올렸다.

저 환자가 기이한 능력이 있을지도 모르잖아요? 과거를 맞추거나 미래를 예언하는 사람은 옛날부터 있어 왔으니까요. 그걸 직업으로 돈을 버는 사람도 적지 않고 말이에요.

박의 말을 들은 임상심리사의 목소리가 신경질적으로 빨라졌다.

갈수록 어이없네요. 그건 여름에 물을 조심하고 겨울에는 화재에 주의하라는 운수풀이와 같은 거죠. 사람은 누구나 비슷한 비밀을 간직하고 있으니 어떤 말이든지 한 조각쯤 들어맞기도 하겠죠. 시장과 여비서의 관계 따위는 분위기를 잘 읽어 내는 사람이면 짐작할 만한 상투적인 이야기고 말예요. 그런데 저 사내의 얘기는 흔한 스토리가 아니라 악랄하고 잔인했어요. K 시장 부인에게는 치명적이었지요. K 시장 부인은 지금 이 병원에서 멀지 않은 요양병원에서 지내고 있어요. 극심한 우울증에 걸려 병세가 위험한 상태라고요.

놀란 박은 여자를 바라보며 괜한 이야기를 했다고 자책했다.

그렇담 앞으로 저 환자를 어떻게 다룰 생각이죠? 말하자면 저 환자가 건강해져 퇴원하려면 어떤 단계를 거쳐야 하는 거죠?

그야 당연히 환자가 스스로 지어내는 이야기가 어째서 허구인지를 깨달아야죠. 그리고 거짓 이야기들이 어떻게 세상에 혼란과 고통을 유발하는가를 알아야죠. 자신이 만들어 낸 작화증이 얼마나 잔학한 범죄인가를 깨달아야 합니다. 아무렇게나 뱉은 말이 몇 사람의 운명은 물론이고 수천 명의 삶까지 흔들어 놓았다는 사실을 깨닫고 두려움을 느껴야죠. 자신의 말과 언동이 사회 전체에 깊숙이 걸려 있다는 사실을 인지하면 비로소 치료가 끝날 것입니다.

그런 말을 들은 이후에도 315호실 작화증 환자를 만나면 박은 임상심리사의 말이 믿어지지 않았다. 315호실 환자는 언제나 문에서 등을 돌리고 단정하게 앉아 책을 읽고 있었다. 작화증 사내는 3층 휴게실 옆에 있는 북카페 단골이었다. 그곳에서 커피를 마시며 신문을 펼쳐 위에서 아래로 꼼꼼하게 시선을 움직였다. 혼잣말을 하면서 고개를 끄덕이다가 머리를 흔들며 반박하기도 했다. 그 동작은 누구를 위협할 만큼 드세지 않았다. 사내의 내면에 숨은 번민을 겨우 드러낼 만큼의 소극적인 동작이었다. 누가 건드리지만 않으면 그는 결코 타인을 곤경에 빠뜨릴 위인으로 보이지 않았다.

임상심리사가 심리요법을 하기 위해 가방을 들고 상담실로 들어섰다. 박은 미리 작화증 사내를 데리고 와서 기다리고 있었다. 여자가 가방에서 책과 노트를 꺼내 탁자에 펼쳐 놓았다. 여자는 사내에게 마음 내키는 대로 낱말을 고르게 했다. 그러자 사내가 종이에 미리 그려 놓은 스물다섯 칸에 골라낸 낱말을 하나씩 써 넣었다. 스물네 개 낱말이 선택되자 여자는 낱말들 사이에 비밀을 알아내는 게임이라며 슬며시 비밀이란 단어를 넣었다. 이번에는 사내에게 눈을 감고 스물다섯 개 낱말을 손으로 짚게 해, 손에 걸리는 단어를 하나씩 지워 나갔다. 끝까지 남은 단어는 안경, 짐작, 희미함, 수첩, 비밀이었다. 골라낸 단어로 말을 시켜 심리상태를 진단하는 심리상담 기법이었다.

임상심리사는 작화증 사내에게 이들 단어를 이용해 이야기를
짓도록 했다. 자기가 선택하지 않은 '비밀'이란 단어를 유심히
쳐다보던 작화증 사내는 평소와 달리 우울해 보였다. 박은 작화
증 사내가 부탁한 국어사전을 가져와 책상에 올려놓았다. 사내
가 사전을 찾아보고 이야기를 만들어 내는 시간은 오래 걸리지
않았다.

먼저 안경이 불평을 털어놓았다. 안경이 목록을 쓱 살펴더니
팔찌가 빠진 이유를 물었다. 그게 시작이었다. 뭐라고 답변하기
전에 수첩이 나섰다. 수첩은 벌어진 어깨에 근육이 단단한 체격
이었다. 억세 보이는 짧고 굵은 목에 주홍색 사선 넥타이가 걸
려 있었다. 수첩이 낮고 으르렁대는 목소리로 물었다. 왜 우리
다섯만 선택되었느냐 말이오. 임상심리사가 하자는 대로 눈을
감고 골랐을 뿐입니다. 수첩이 두툼한 손으로 탁자를 내리쳤다.
수첩 얼굴이 넥타이 무늬를 닮을 정도로 벌게졌다. 우연에 맡겨
마음대로 골라냈단 말이군. 탄창에 총알 한 알을 넣어 빙그르르
돌리고 운명을 거는 러시안 룰렛처럼. 나는 되도록 공손하게 답
했다. 제 뜻이 아니었습니다. 이봐, 자네 책임이 아니라지만 말
야…… . 좋아, 그럼 뽑히지 않은 단어들은 어디로 갔나? 안경이
물었다. 뽑히지 않은 단어 즉, 열쇠니 모자, 비극 같은 말들이 어
디로 갔는지 어떻게 안단 말인가. 골라낸 다섯 단어로 이야기를

지으라고 할 때 이런 사태가 일어나리라고는 예상하지 못했다. 짐작이 말했다. 알 리가 있나. 인간이란 동물이 원래 그렇지. 대충 지내는 버릇이 몸에 지독하게 뱄지. 팔짱을 끼고 있던 안경이 팔을 풀었다. 이봐 당신, 눈이 나쁘군. 안경을 어릴 적부터 썼는가? 네, 심한 근시라서. 나는 안경을 끼고 살았다. 안경을 벗으면 남자와 여자를 가려내지 못할 지경이다. 욕탕에서도 안경을 쓴 채로 샤워를 했다. 늘 끼고 다녀 안경을 올려놓는 콧등이 내려앉았다.

박은 의인화된 안경에 호기심을 느끼며 콧잔등 아래쪽으로 내려온 안경을 두 손으로 조심스럽게 들어 올렸다. 주머니에서 꺼낸 수건으로 손자국이 묻은 안경알을 깨끗하게 닦았다. 임상심리사는 팔짱을 끼고 작화증 사내를 지켜보고 있었다. 사내의 이야기가 계속되었다.

안경이 앞으로 나섰다. 늘 안경을 쓰고 다닌다면서, 대체 안경을 누가 만들었는지 아는가? 어디서 탄생했는지는? 플라스틱으로 만든 안경알을 통해 어떻게 사물을 볼 수 있을까 고민해 보았나? 나는 잠자코 있었다. 사실 안경에 대해 아는 게 없었다. 그건 안경점에 가서 가볍고 멋있는 안경을 골라 돈을 지불하면 내 손에 쥐어지는 물건일 뿐이었다. 안경은 계속해서 말을 이었다. 본다는 게 무엇인지 한번 진지하게 생각해 본 적 있나? 안경에게 생명을 주려고 한 번이라도 노력했었나? 열을 올리던 안경은 안경을 벗어 거꾸로 들여다보기를 권했다. 안경을 벗어 돌려서 눈을 대니 갑자기 공간이 부풀면서 휘어졌다. 사물이 낯설고 새로운 모습으로 다가왔다. 수첩이 끼어들었다. 안경만 그렇겠나? 볼펜, 시계, 숟가락, 신발 모두가 그렇겠지. 한 번도 사물에 대해 깊숙이 생각해 본 일이 없지. 그렇게 살다 가는 거야. 그러니 죽음이란 걸, 이 세상에서 사라진다는 것의 의미에 대해 알겠나? 알 리가 없지. 나는 지나치게 비난받는 것 같았다. 화제를 슬쩍 비켜나서 수첩에게 정체를 물었다. 사전에는 手帖, '몸에 지니고 다니며 간단한 기록을 하는 조그마한 공책'으로 기록되어 있습니다만, 선생의 커다란 덩치를 보면 신(身)첩이나 대(大)첩이 어울린다는 말이죠. 수첩이 허허롭게 웃었다. 그렇게 생각하나? 그게 인간의 독재지. 나를 언어의 감옥에 가둬 놓고 그 말에 어울리는 모습만을 강요해서 고통스러워. 우린 말의 감옥에서 벗어날 길이 없지. 이런 모습으로라도 몸부림을 쳐 보는 게야. 인간도 말의 감옥에 갇혀 있지만 전혀 괴로워하지 않으니 별난 일이야. 괴상하지 않나? 그러자 그때까지 조용하던 비밀이 나섰다.

작화증 사내는 말을 그쳤다. 확실히 그의 말은 오리무중이었다. 그러나 전혀 엉터리도 아니었다. 추상적인 단어들이 의인화되었을 뿐인데 의인화가 되자 모두 자기주장을 내세웠다. 그런

점에서 거기에는 나름의 어떤 질서가 있다는 점도 부인하기 어려웠다. 그러다 가끔, 미친 사람 특유의 비약이 있을 뿐이었다.

박은 다음 이야기의 전개에 흥미 있게 귀 기울였으나 사내의 말은 더 이상 이어지지 않았다. 상담실 작은 창밖으로 지나가는 바람소리만 들렸다. 고개를 숙인 사내의 정신은 이 세상에서 사라지고, 몸뚱이만 남아 의자에 앉혀 놓은 것처럼 보였다.

비밀이란 단어에 대해서는 아무 말도 않네요. 한참을 기다리던 임상심리사가 물었다.

비밀에 대해 할 말이 뭐 있겠소. 고개를 든 작화증 사내가 퉁명스럽게 말했다.

그래도 비밀이란 말을 이으면 더 흥미롭게 이야기가 꾸며질 것 같은데요? 당신은 늘 사람과 사물이 감춘 비밀을 알아내지 않았나요.

작화증 사내는 코웃음을 쳤다. 비밀이라는 게 남에게 보이거나 알려서는 안 되는 일이잖소. 더럽고 추악한 면을 까서 사람에게 보여 주면 지옥 밑의 지옥으로 들어간 기분이겠지. 아마도 비밀은 쉬고 싶을 게요. 비밀에 덧칠한 욕설과 더러운 자국과 핏물을 보라고. 비밀이 자살할 수 있는 인간을 얼마나 부러워하는지 당신은 아마 모를 거요.

임상심리사는 그런 사내를 놓아주지 않았다. 당신에게 병원직원이 품은 비밀이 보인다면서요? 당신은 비밀이 없나요?

사내 입에서 가벼운 바람 소리가 빠져나왔다. 그건 한숨 소리 같기도 하고 여자를 비웃는 소리 같기도 했다. 그렇게 알고 싶다면, 하며 사내는 말을 꺼냈다.

내 비밀은 여기 붙잡혀 온 사연이오. 시장과 여비서가 깊은 관계에 빠진 건 아는 사람은 다 아는 일이었소. 하지만 사람들은 쉬쉬 했지요. 그런데도 계속 소문이 도니 그 소문이 나한테서 발설되었다며 말들을 했지요. 나는 정치인이나 유명인의 이면에 관해서 인터넷 곳곳에 글을 올리고 있었소. 그들이 무대에서 보이는 거짓되고 과장된 모습이 아니라 그들의 실체를 벗겨내려고 노력했지요. 그러자 어느새 나를 따르는 마니아들이 생겨났어요. 그들은 자신들이 아는 비밀과 뒷모습을 제보해 주었소. 그 제보에는 놀랄 만한 진실들이 담겨 있었소. 그들은 직장에서, 또는 일 관계로 알게 된 엄청난 사실들을 가슴속에 묻어 두고 있었지요. 그런 진실에 비추면 언론이 보여 주는 유명인과 정치인의 모습은 허상일 뿐만 아니라 결과적으로 사회를 파괴하는 역할을 하는 거였소. 경찰은 폭로를 계속하는 나를 주목하고 있었소. 나를 조사해 달라는 진정이 많이 들어온다며 경찰에서 연락이 왔소. 어느 날, 시장 부인이 나를 찾아왔어요. 비서실 남자 직원이 나에게 가 보라고 했답니다. 나는 아는 내용을 말해 달라는 그분의 요구를 거절하고 아무런 대꾸도 하지 않았지요. 부인이 내게 간곡히 부탁했소. 이야기를 들려 달라고. 이미 부인은 두 사람 사이에 관한 열정적인 드라마를 마음속에 꾸며 놓고 있었소. 항간에 떠도는 말도 이미 다 아는 상태였지요. 내게 얘기해 달라고 하는 건 부인이 알고 있는 내용을 반복해서 말해 달라는 것과 다름없었지요. 작화증과 반대되는 병이라고 해도 좋았소. 꾸며 내더라도 귀에 솔깃하게 듣고 싶은 이야기만 들으려 하는 거요. 그동안 여자는 남편의 정치활동을 위해 자신의 삶을 희생해 왔소. 그런 여자는 처절한 배신 이야기를 듣고 싶어 했소. 남편이 간악하게 아내를 속이고 마지막까지 그녀 자신을 이용하고 버리는 스토리를 바랐던 거요. 고통을 당하면서 기쁨을 느끼는 피학증세라고나 할까. 나는 부인이 이끄는 대로, 그분이 바라는 대로, 부인이 욕망하는 대로 충실하게 이야기를 꾸며 내어 전해 주었소. 다음 만남에는 더 강렬한 이야기로, 그 다음 번에는 더 강렬하게. 팽팽하게 당겨진 줄이 끊어질 정도로. 마침내 시장 부인은 극심한 우울증에 걸렸다고 했소. 스스로 우물을 파서 자기 발로 뛰어들었던 거요.

임상심리사의 얼굴에 야릇한 웃음이 떠올랐다. 잘도 꾸며 내는군요. 당신이 소문을 만들어 내서 지금 어떤 사태가 벌어졌는지 알긴 아나요? 온 도시를 들끓게 만들었잖아요. 당신은 그 이야기를 그저 미운 정치인 한 명의 가정에 분란을 만들어 내는 걸로 만족하고 싶었겠지만, 시민들을 고통 속에 빠뜨리고 말았어요. 그러면서도 비열하게 책임을 뒤집어씌우다니……. 여자는 분노에 휩쓸려 그만 상대가 정신병자라는 사실조차 잊은 것 같았다.

이런 경우에는 마땅히 침묵을 지키며 기다려야 한다는 듯 작화증 사내는 잠자코 있었다. 그러다 갑자기 입을 뗐다. 아주 예전에 말이오. 담배꽁초를 버렸는데, 어찌된 영문인지 강도라는 죄목으로 잡혀 들어간 사람이 있었소. 그런 사람이 있을 법하지 않소? 그 사람이 억울함을 호소했더니 듣는 사람이 잔뜩 꾸며낸 엉터리 얘기라고 했답니다.

작화증 사내가 임상심리사를 똑바로 바라보았다. K 시장은 나를 명예훼손으로 고발할 수도 있었소. 그런데 그 사람은 그러지 않았지. 왜 그랬을까. 자기 정치 생명에 씻을 수 없는 오명을 씌운 자를 당장 멱살이라도 잡아 감방에 처넣고 싶을 텐데, 그러지 않았단 말이야. 왜 그랬을 것 같소? 검찰로 이 문제를 끌고 들어가는 것 자체가 치명적인 정치 타격을 받으니까 그랬을 거라고. 맞아. 추리력이 좋군. 그러나 단순히 그 때문만은 아니야. 문제는 사건이 공론화되면 진실이 드러날 게 뻔한데, 그걸 이길 자신이 없었던 거야. 예를 들면 실제로 K 시장이 여비서와 그런 일이 있었거나, 아니면 지금 여비서는 아니지만 과거 어느 시절의 여비서와 그런 일이 벌어진 게 사실이고. 혹은 여비서를 피한다고 피했는데, 옛날에 알던 카페 마담이나 유부녀가 등장할 수도 있고, 룸살롱 미스 양이 나타날 수도 있고, 하다못해 어느 술자리에서 잠시 성희롱했던 누군가가 나타날지도 모르는 일이지. 그래서 그는 그런 모험을 피하는 대신 나를 단박에 보내 버릴 작전을 짰던 거야. 내 아버지에게 솔깃한 제안을 했던 거지. 아버지에게도 나쁘지 않은 거래였고. 아버지는 늘 몽상에 빠져 지내는 나를 탐탁지 않게 여겼으니까. 겨우 잡은 직장에서 사고나 치고, 지 애비를 친구 딸이나 건드린 불한당으로 만들어 온 식구들 신경을 긁어 대고 있었으니 말이오. 아버지는 K 시장에게서 거액의 사례금을 받고 간단하게 나를 이 병원에 처넣었소. 입원 서류에 직계 가족 두 사람이 서명만 하면 되니 그리 어려운 일도 아니었지. 평생 잡아 두기는 미안했는지 기간을 5년으로 정해 놓았다고 하더군. 아버지는 그 돈으로 책은 자주 넣어 주고 있소. 들으니 K 시장 부인도 요양원에 들어갔다고 하더군. 그쪽도 여기와 시설이 비슷하다고 그래. 심한 우울증이니 평생 박혀 있거나 자살이라도 해야 겨우 그곳에서 빠져나오겠지. 부인은 재산도 많으니 갇혀서 죽기라도 하면 남편과 자식에게로 몽땅 넘어갈 거고.

임상심리사는 한참이나 작화증 사내를 바라보았다. 당신은 정말 큰일 낼 사람이군요. 당신은 절대 바깥에 돌아다녀선 안 될 사람이에요.

작화증 사내는 허리를 쭉 펴고 거친 목소리로 말했다. 당신이야 그러고 싶을 거요. 임상심리사 당신도 나를 붙잡아 두는 데 한몫한 사람이니까. 비밀이 내게 오는 길은 다양하오. 비밀은 조용히 앉아 있지 못하는 놈이라 사람에게 들어가면 뛰쳐나와 돌아다니고 싶어 하지. 병원 직원이 내게 비밀을 알려 줬을 수도 있죠. 나야 언제나 미친 사람 취급받을 테니 어떤 말이나 예언을 해도 괜찮지 않은가 말이오. 한번 확인해 보시오. K 시장과 여비서는 지금도 만나고 있소. 아예 살림을 차려 두고 있다고 합디다. K 시장은 비서를 다른 부서로 옮기게 했고, 낮에만 헤어져서 밤에는 같이 지내는 거요. 멋있고 황홀한 삶이오. 스릴도 있을 테고, 세상 사람을 멋지게 속여 넘겼다는 쾌감도 있을 테지.

임상심리사의 손이 종이컵을 움켜쥐고 바르르 떨었다. 사내는 아무렇지도 않게 말을 이었다. K 시장이 고급 오피스텔에서 지낸다는 사실은 바깥에 있는 내 열성팬들이 전해 주었소. 보안시설이 철저해서 외부인은 들어가지 못하는 곳이지.

여자가 단호하게 말을 받았다. 당신은 외부 면회가 금지되어 있어요.

그야 하려고만 들면 인터넷이나 스마트폰이나 뭐든 이용할 수 있는 세상이니 가둬 둔다 해 봤자 어디까지 가두겠소? 나는 여기 생활이 좋소. 책과 영화를 끝없이 보고, 좋아하는 커피도 마음껏 마시고 있으니 말이오. 온종일 몽상에 빠져 있어도 아무도 나를 건드리지 않소. 몽상이 하늘과 땅과 지하까지, 과거와 미래까지 무럭무럭 뻗어 나가는 걸 보면 초여름에 풀이 쑥쑥 자라는 모습 같소. 게다가 내가 무슨 소리를 하든 여기엔 귀 기울여 듣는 사람들도 있으니까.

작화증 사내가 박을 가리켰다. 이분은 내가 떠드는 헛소리를 모아 출판하자는 권유까지 하는 판이니까. '어느 작화증 환자의 기록'이라든가, 뭐 그런 제목을 붙여서 말이오. 그러면서 사내는 희미하게 웃었다.

임상심리사가 박을 바라보았다. 보셨죠? 미쳐도 이만저만 미친 게 아니에요. 게다가 위험하기까지 해요. 다른 사람에게 자신의 잘못을 몽땅 덮어씌우고 있어요.

만약 안 되면요? 작화증 사내의 그 행동들을 고칠 수 없다면요?

약을 써도 안 된다면, 최종적으로는 전기 치료나 격리 수용, 인지 능력을 정지시키는 강제적인 방법이 있겠지요.

왜 저런 성격이 생겼을까요?

그야 어떤 원인 하나가 저렇게 만들었다고 볼 수는 없죠. 그런 소인을 가지고 있었는데 어떤 계기에 의해 촉발이 됐고, 그게 상당한 파장을 일으켰다든지, 아니면 사실과 맞아떨어지니까 점점 고정화되었겠죠. 한마디로 이 시대가, 이 시대의 시스템 자체와 문화가 사내를 그렇게 만들었다고 볼 수 있죠.

이때 갑자기 작화증 사내가 자리에서 벌떡 일어나 임상심리사를 손가락으로 가리켰다.

듣고 보니 가관이네. 임상심리사 당신이야말로 작화증 환자 같은데? 지금 당신 입에서 나온 단정적인 얘기가 어떻게 내 진실이라고 증명하지? 당신의 그 얄팍한 의학 지식에 날 끼워 맞춰 그렇게 딱 잘라 판정한 게 아니냐 말야.

사내는 이야기를 더 잇는 것이 귀찮다는 듯 안경을 벗고 손으로 얼굴을 비볐다.

다 좋소. 그래도 5년은 너무하지 않소? 도대체 나를 언제까지 가둬 둘 생각이오?

어서 오십시오, 음치 입니다

음치클리닉은 건물 이층이었다. 클리닉에는 작은 사무실과 방음실 세 개가 자리 잡고 있었다. 흡음재를 넣어 볼록한 방음실 문은 웬만큼 악쓰는 소리도 너끈히 삼킬 정도로 두터웠다. 그래도 새어 나오는 음을 꽉 틀어막지는 못했다. 닫힌 방음실 문을 힘들게 빠져나온 여자의 노래가 복도 사이로 낮게 맴돌았다. 은근히 깔리는 여자의 소리는 묘한 궁금증을 자아냈다. 올라가지 않는 고음을 내지르는 남자의 소리도 흘렀다. 어울리지 않게 허공에 섞인 두 음은 놀라서 서로를 밀쳐 내었다.

나는 처음 들른 음치클리닉에서 조용히 서 있었다. 이곳에 오기가 쉽지는 않았다. 클리닉 입구까지 올라와서도 단단한 철문 앞에서 머뭇거렸다. 문에 가려진 낯선 곳은 가벼운 두려움을 자아냈다. 돌아설까 계단을 내려다보았다. 그러자니 여기 오기까지 들인 고민의 무게가 아까웠다. 은빈과 함께 무대에 서고 싶은 소망을 이루고 싶었다. 그녀가 뛰는 직장인밴드 공연을 본 탓이다. 형편없는 내 노래실력을 생각하면 그 소망을 현실에서 성취한다는 것은 가망이 없었다. 그래도 목을 다듬어 훈련한다면 둘이 서는 무대가 현실로 변할 가능성이 있어 보였다.

클리닉의 철문 옆 눈높이에 나무간판으로 만든 음치클리닉 다섯 자가 걸려 있었다. 오선지 줄 위에 각자 높이를 달리 해서 앙증맞게 붙은 간판은 망설이는 마음을 가라앉히는 효과가 있었다. 음치클리닉 광고는 지하철 앞에서 나눠 주는 무가신문 속에 비만치료와 함께 나란히 실려 있었다. 만병통치의 주문처럼 모든 종류의 병에 붙는 클리닉이란 이름을 음치에도 걸어 사뭇 색다르게 다가왔다. 광고를 보며 음치와 클리닉이 붙은 이름을 되짚는 순간, 누가 나에게 음치라는 말을 뱉기라도 하는 양 굴욕감이 들었다. 그러면서도 좋은 치료약을 본 것처럼 마음이 끌렸다.

나는 술자리에서 조용했다. 지금껏 술집에서 사귄 사람은 없다시피 했다. 사람들이 술자리에서 나누는 대화는 알맹이 없는 소음으로 들렸다. 소음에 휩싸이면 조용히 술잔을 바라보거나 숲에 놓인 구름다리 사이를 걷는 일 따위의 별스런 공상으로 잠겨 들었다. 술자리가 파하고 직원들이 자리를 옮긴 노래방에서 내 차례가 돌아와 마이크를 잡으면 박자부터 틀렸다. 반주화면 아래쪽에서 넷 셋 둘 하나로 접히는 손가락을 보면서 첫 박자를 맞추고자 노력했지만 늘 시작을 놓쳤다. 운 좋게 처음을 맞추어도 영락없이 다음 소절을 놓쳤다. 나는 마이크 손잡이를 잡고 음을 뒤쫓으며 허우적댔다. 결국 몇 소절 못 나가 동료가 다른 마이크를 들고 박자와 음을 맞추며 마무리를 도와주었다. 노래방에 여러 개 놓인 마이크가 항상 고마웠다. 직원들이 모여 노는 자리에 내가 꼭 있어야 할 까닭은 없었다. 하지만 회사에서 노래방 뒤풀이에 빠져도 좋다는 허락을 받지 못했다. 그런 허락을 하는 회사 상사는 어디에도 없으리라. 나는 늘 상사와 동료에게 떠밀려 갇힌 공간에 들어섰고, 직원들은 내가 곤혹스러워해도 관심을 두지 않고 모두들 즐겁게 밤을 보냈다.

지치지도 않고 공식처럼 되풀이되는 밤 문화는 직원을 끈끈하게 엮어 주었다. 세상에 낮만 있었다면 회사는 진작 사라졌을지도 모른다. 회사는 이상한 승진 결정을 자주 내렸다. 신망받고 능력 있는 사람 대신에 그보다 못한 사람이 높은 자리로 옮겨 갔다. 부품회사가 우리 회사에 상납한 비밀이 어찌된 일인지 발각되기도 했다. 그런 일이 터지면 관계된 사람 모두에 대한 뒷

이야기가 펼쳐졌다. 누가 사표를 낸다는 소문이 돌았다. 그런 이야기를 들으면 곧 회사가 무너질 것만 같았지만 다음 날 출근해 보면 멀쩡하기만 했다. 직원은 소주와 양주와 맥주 같은, 결국은 알코올을 변주한 각종 마실 것과 노래들로 밤새 루머에 쌓인 회사를 재건했고, 회사는 그 힘으로 낮을 버텼다. 밤을 지내면 회사는 저지른 소문을 씻어 내고 싱싱하게 되살아났다.

방음실에서 나온 소장이 간소한 소파에서 이마의 땀을 닦았다. 소장은 테스트를 하자며 키보드를 들고 빈방으로 들어갔다. 반주기계에 연습곡을 올렸다. 반주에 맞춰서, 그리고 반주 없이 같은 노래를 불러 보았다. 반주가 사라지자 나침반도 없이 오지에 들어앉은 기분이었다. 그가 누르는 키보드에 맞춰 도미솔미도 음계를 소리 내었다.

크게 입을 벌려 힘차게 소리를 내세요.

목에서 터지는 음이 구조를 요청하는 고함으로 들리지는 않을까 염려하며 목소리를 올렸다. 소장은 내가 반주 없이 부르는 노래를 몇 소절 나가지 않아 끊었다. 그는 키보드에서 손을 떼고 몸을 쭉 뻗으면서 잠시 침묵했다. 나는 의사가 내놓는 진단을 불안스레 기다리는 환자처럼 꼼짝하지 않았다. 소장은 병처럼 음치도 가볍고 심한 정도가 있다고 하면서 넌지시 말을 던졌다.

노래를 얼마나 잘하길 바랍니까?

노래방에서 보통 부르는 실력 정도면 괜찮습니다. 소박한 내
바람이었다. 솔직히 말하면, 창피만 당하지 않으면 됐다. 제대로
부르는 노래가 다섯 곡만 되어도 좋았다. 나는 소장에게 마음에
담아 둔 요청을 꺼냈다. 내가 음치클리닉에 온 진정한 이유였다.
두 곡쯤은 무대 밴드에 맞춰 부를 수 있었으면 합니다. 밴드와
노래를 부르고 싶다는 요청에 소장은 별다른 반응을 보이지 않
았다.

노래는 직장 모임에서 부르시나요?

솔직히 회사 모임만도 진절머리가 납니다.

소장은 고개를 끄덕였고 다섯 곡을 해낼 수 있다면 자연히 쉰
곡도 잘하게 될 거라고 힘을 주었다. 노래를 꿰뚫는 기초를 다져
야 한다는 말이었다. 다른 사람의 목소리와 음이 서로 섞이면 수
업을 제대로 진행하지 못해 일대일 교습을 해야만 했다. 그 때문
에 수강료로 적지 않은 돈을 지불했다. 소장은 적어도 세 달은
다닐 것을 권했다. 바쁜 회사 일을 쳐내며 일주일에 이틀을 빼기
가 쉽지 않았지만 마음을 다잡았다.

방음실에서 노래하던 여자가 사무실로 나왔다. 목을 많이 쓰
면 몸에 수분이 넉넉해야 한다며 물을 제법 넘겼다. 가슴을 살짝
드러낸 검은 블라우스에 허리를 조여 맨 빨강 스커트가 시선을

잡아당겼다. 클리닉에 오래 다닌 여자는 주부노래대회에 나갈 준비를 하고 있었다. 여기서 대회에 나가는 지도도 해요. 선생님 실력이 대단하서요. 대회에서 입선을 하고 결선에 나가신 분도 있지요. 그렇죠, 선생님? 여자는 노래공부가 잘 진척되는지 꽤 들떠 보였다.

그 무렵, 내가 다니는 회사의 노래방 순례가 부쩍 잦아졌다. 복사기와 팩시밀리 제품을 만드는 전문회사들의 경쟁은 치열했다. 디지털기술이 발전하면서 대기업들도 시장을 넘보기 시작했다. 오피스 빌딩이 들어서면 자사 제품을 넣으려고 경쟁회사끼리 서로 다퉜다. 내가 속해 있는 시장관리부는 점유율 동향에 민감했는데 회사들끼리 점유율을 높이려고 겨루면 겨룰수록, 직원 단합이라는 이름으로 푸는 돈도 점차 늘어났다.

물류부에서 일하는 은빈을 만나기까지 나는 밤의 문화에서 멀찌감치 떨어져 있었다. 은빈과 나는 저녁을 먹고 영화구경으로 이어지는 데이트 코스를 밟았다. 그런 만남은 철도레일을 따라가는 것처럼 편안했지만 따분하기도 했다. 어느 날 피하려다 마지못해 들어간 노래방에서 은빈은 우리의 만남을 바꿔 놓았다. 나는 그녀의 새로운 모습에 놀랐다. 밤의 은빈은 낮의 그녀와 전혀 다른 사람이었다. 단정하고 차분한 낮의 직장인은 밤의 무대에서 낮에 쓴 가면을 벗어던지고 돌변했다.

노래는 그녀의 피를 힘차게 돌리는 영약이었다. 우울하거나 몸이 으슬으슬 추워 감기 기운이 돌면 노래방에서 삼십 분을 끊었고 몸을 풀고는 쾌유할 수 있었다. 은빈은 최신 가요에서 흘러간 가락까지 모든 노래에 정통했다. 떠난 그대에게 돌아오라고 호소하다, 지옥으로 꺼지라는 곡이 뒤따랐다. 부산 피난민 시절에 겪은 서러움을 노래하는 곡 다음에, 유행하는 아이돌 스타의 노래를 불렀다. 음역은 넓었고 어떤 노래든지 잘 소화했다. 고음으로 올라가면 다리미로 목청을 다린 듯 쭉 뻗어 올랐다. 알고 보니 그녀는 라디오 프로 노래대회에서 월 당선까지 오른 가수급 아마추어였다.

은빈과 함께 노래방에 있으면 노래를 부르기가 더 힘들었다. 그렇다고 내가 주눅 든 것은 아니었다. 그냥 편안하게 그녀가 열창하는 모습을 즐기기만 해도 좋았다. 나는 상반된 가사 내용에도 그에 맞는 감정을 실어 내는 은빈이 그저 신기했다. 비극 연기를 하다가 갑자기 희극으로 바꾸면 제대로 연기가 될까. 발걸음조차 떼기 어려운 슬픈 마음을 노래하다가 순식간에 배신하고 지어내는 웃음은 도대체 뭐란 말인가. 목소리는 언제든지 톤을 바꾸는 간사한 존재가 아닐까, 의심하기도 했다.

나는 그런 호강스런 생각에 젖을 처지가 아니었다. 기획부 김 대리가 회사 밴드를 만들었기 때문이다. 회사는 직원의 창조력을 키운다는 명분으로 전력을 다해 밴드를 지원했다. 회사는 대학 앞의 밴드 연습실을 빌려 주었고 재빨리 악기를 들여놓았다. 은빈은 밴드의 여자 보컬로 발탁되었다. 남자 보컬은 베이스기타를 치는 김 대리였는데, 그는 군복무를 한 8사단의 노래대회에서 2등을 했다고 한다.

노래방 반주기계는 밴드 연주의 힘을 따라가지 못했다. 라이브 연주는 늘 똑같이 들려주는 반주기계와 달리 살아 움직였다. 탁탁 두드리는 드럼의 스틱 소리로 밴드 전주가 시작되면 은빈의 피가 부풀고 색깔조차 변하는 것처럼 느껴졌다. 드럼 소리에 맞춰 심장의 박동이 같이 뛰었고, 기타와 드럼과 신시사이저의 음색이 어울리면 다리와 팔의 근육이 힘차게 움직였다. 밴드 이름은 폭풍이라는 뜻의 스톰이었다. 은빈은 이름처럼 마치 폭풍이 불어 닥치듯 생생하게 눈을 반짝였다. 때로 그녀는 풍력발전기로 변신하여 그 폭풍을 이용해 주위의 침침한 분위기와 가물가물한 등을 환하게 켜 놓기도 했다. 그녀는 식사를 하면서도 포크를 손에 들고 어쩔 줄 몰라 멍하니 연습실 생각에 잠겼다. 은빈은 내가 접시 위에 썰어 놓아 둔 안심 스테이크를 오물거리면서 딴 데 정신을 두었다. 그녀는 오선지를 씹으며 음표의 즙을 빨아먹고 있었다.

음치클리닉의 첫 교습은 박자를 맞추는 훈련이었다. 네 박자부터 시작합시다. 나는 노래 반주에서 소장이 가리키는 드럼 소리를 찾았다. 귀를 기울이자 거인의 발자국처럼 쿵쿵하는 소리가 들렸다. 그 소리는 일정한 간격이었다. 귀로는 박자를 못 따라갑니다. 몸이 익어야죠. 그는 메트로놈을 작동시켰다. 메트로놈은 왼쪽에서 오른쪽으로, 오른쪽에서 왼쪽으로 정확하게 움직였다. 언제 움직일까 머리를 굴리지 않는 모습이었다. 그는 오른손잡이시죠, 라며 내 오른손을 잡았다. 쿵 소리가 나면 오른손으로 허벅지를 치고, 다음 쿵 소리가 나면 왼쪽 허벅지를 치세요. 허벅지와 손이, 그러니까 몸이 리듬을 익힙니다. 지금은 음의 높낮이를 가릴 단계는 아닙니다. 오직 박자에만 집중하십시오.

간단한 방식이었다. 그런 방식으로 되살려야 할 만큼 내 감각은 굳어 있었다. 수십 번 같은 동작을 되풀이하며 쿵 소리에 귀를 모으자, 다른 음은 들어오지 않고 박자만이 남았다. 그렇게 손이 박자를 따르며 허벅지를 반복해 두드리자 놀랍게도 몸이 리듬을 따라간다는 감이 어느 정도 잡혔다. 박자와 몸을 잇는 가는 전선이 놓였다. 전선 속으로 작은 울림이 밀려 들어오고 밀려 나갔다. 그 울림은 희미했지만 리듬감이라고 부르는 독특한 무엇이 내 몸속에서 자라는 신호였다.

나는 은빈에게 늦은 연습이 끝나면 집에 데려다 주겠다고 제안했다. 그녀는 사양했다. 회사 창립 축제가 다가오면서 마치는 시간이 들쑥날쑥해지는 바람에 폐를 끼친다는 이유였다. 은빈은 커다란 자석 같은 연습실에 붙들려 저녁 시간과 휴일을 보냈다. 나와 보내는 데이트가 그녀에게 연습실 같은 기쁨을 줄 수는 없었다. 그녀는 음악에 집중할수록 내게서 멀어져 갔다.

창립기념 공연 전부터 분위기는 무르익었다. 예쁜 색깔의 풍선이 뭉쳐서 하늘로 올랐고 폭죽이 터졌다. 무대를 가린 흰 천이 천장에서 내려와 바닥으로 떨어지면서 공연을 알렸다. 연주가 시작되자 보컬이 뛰어나왔다. 남자와 여자 보컬은 완벽하게 맞는 궁합이었다. 남자가 부드럽게 받쳐 주면 여자가 힘차게 치고 나갔다. 부드러운 저음에서부터 고음까지 받쳐 주는 스피커 여러 대가 밴드의 음악을 울려 퍼뜨렸다. 축제의 마지막을 장식한 공연은 환호로 들썩였다. 관중이 환호하자 그 함성을 받아 연주는 절정으로 치달았다. 무대를 비춘 원색의 조명이 보컬에게 집중되자 밴드는 순백의 모습으로 변하였다. 마지막에는 사장이 무대로 나와 보컬과 함께 노래를 불렀다. 사장은 은빈의 어깨에 다정하게 팔을 올렸다. 사장이 무대에 서자, 부장과 전무와 상무도 사장 뒤편으로 줄을 만들었다.

그들이 박자에 맞추어 어깨를 흔들자 마음이 편치 않았다. 왠지 은빈과 보낸 추억이 함께 흔들리는 것 같았다. 한 곡이라도 그녀와 같이 무대에 올라 보컬을 하고 싶었다. 아니 연습실에서

라도 좋을 것 같았다. 나의 목은 여전히 절망스러워 아직은 때가
아니었다.

　클리닉 연습을 마치니 주부노래대회에 나간다는 여자가 따뜻
한 물을 마시고 있었다. 목을 쓰는 경험을 공유한 우리는 클리닉
을 나서며 자연스럽게 커피를 마셨다. 찻집 계단을 오르며 여자
가 물었다. 연습하기 힘드시지 않나요. 아주 색다른 경험입니다.
여자가 미소를 지었다. 그렇죠. 박자와 가락을 맞추는 건 인류에
게 오래 전해져 온 경험이죠. 여자는 목이 좋은 곳에서 프랜차이
즈 빵 가게를 열고 있었다. 여자는 춤과 노래가 귀중한 사회자
산이라고 했다. 나는 수긍하지 않았다. 그건 속을 든든하게 채우
고 털옷으로 추위를 피해야만 겨우 돌아볼 수 있는 여유에 불과
했다. 여자는 그럼에도 불구하고 음악이 중요하다고 주장했다.

　어떤 고인류학자는 원시시대에 음악이 중요한 구애 수단이었
다고 해요. 음악과 노래가 먼저 발달하고 언어가 진화했다고 하
더군요. 흥미로운 학설이군요. 하지만 음악이 목숨을 지키는 데
무슨 혜택을 줬을까요. 자연은 잔인했고 먹지 못하면 곧 죽음이
덮치니까요. 전 그렇게 생각하지 않아요. 음악이 쓸모없으니 종
족의 유대감을 키웠죠. 음악이 사슴고기였다면 서로 뺏으려고
싸우면서 처참해졌겠지요. 음악과 클리닉에 연결된 우리의 화제
는 그런대로 막히지 않았다.

주부노래대회에 나갈 곡은 선정하셨나요. 세 곡을 뽑아 집중해서 배우고 있어요. 같은 노래만 하니 이젠 신물이 나요. 어린 시절 계란을 좋아했어요. 편식을 고친다며 두 달간 계란을 먹었는데, 나중에는 노른자위를 보기만 해도 구역질이 났어요. 지금 노래도 계란 꼴이 나지 않을까 걱정이에요.

여자는 남편이 클래식 애호가라고 했다. 남편에게 예술가 중 딱 한 명을 고른다면 누구라고 생각해, 라고 물어 보았어요. 여자의 얘기를 들으면서 나는 누구를 내밀까 주저했다. 셰익스피어가 좋을까? 여자는 계속해서 말을 이었다. 남편은 바흐라고 대답했어요. 음악은 인류가 장벽 없이 즐기는 장르라는 거예요. 보세요. 문학은 언어라는 벽으로 가로막혀 있지 않나요. 나는 바흐라는 이름에 음악의 아버지라는 말만 떠올랐다. 바흐의 음악만 살아남는 세상은 그려지지 않았다. 단 한 사람의 음악만 울리면 어떤 세계가 될까. 하나의 귀만 살아 있는 세상.

오랫동안 내게 음악은 쪼개기 어려운 딱딱한 덩어리로 존재했다. 옆집 아줌마가 만들어 낸 그 덩어리는 내 목부터 아랫배까지 틀어박혀 나를 꽉 눌렀다. 내 목청이 그 덩어리를 뚫고 나오기는 어려웠다. 그 아줌마는 어린 내게 곧잘 과자를 사 주고 놀이공원에도 데려갔다. 아이가 없어서인지 그녀의 피부는 뽀얗고 엉덩이는 단단했다. 엄마가 없던 나는 자주 아줌마에게 놀러갔고 염

치없게 밥을 얻어먹기도 했다. 나는 그녀와 같이 간 실내 놀이터를 좋아했다. 플라스틱 볼이 가득 찬 풀장에서 허우적대고 미끄럼틀을 빠르게 빙글빙글 돌아 내려왔다. 그물로 엮은 정글짐을 흔들어 대며 자신 있게 건넜다. 어디에서 떨어져도 밑에는 푹신한 매트와 작은 플라스틱 볼을 채운 공간이 나를 기다렸다.

초여름 해가 막 지던 날이었다. 나는 나른하게 짙어지는 밤공기를 안고 옆집으로 들어갔다. 그냥 아줌마를 보고 싶었다. 문이 잠겨 있었지만 얕은 담을 타 넘었다. 부엌으로 들어서며 나는 곧장 아줌마, 하고 부르지 않았다. 집에 고여 있는 야릇한 기운 때문이었으리라. 부엌 너머에 작은 거실이 있었다. 나는 아줌마의 웃음소리와 킥킥대는 소리를 들었다. 나는 배신감과도 같은 미묘한 기분에 싸여 기척을 내지 않고 가만히 있었다. 가만있어 봐요, 라디오 소리 좀 올리고. 나는 문 틈새에 바짝 눈을 대고 안을 들여다보았다.

무엇을 보았는지 애매했다. 단지 내가 조용히 있어야 하며 무언가 유별난 일이 진행되고 있다는 직감이 들었다. 문틈으로 한쪽 벽면과 바닥이 보였다. 그리고 종아리와 발목이 나타났다. 민달팽이가 천천히 나뭇잎 위를 기어가듯이 오랫동안 종아리가 얽혀서 움직였다. 라디오에서는 팝송과 가요가 번갈아가며 크게 울려 댔다. 노래가 멈추고 디제이가 새 노래를 소개하는 사이,

후끈 거친 숨소리가 들렸다. 늘 듣던 아줌마의 달콤한 목소리와는 다르게 느껴졌다. 아버지 음색을 닮은 코맹맹이 소리도 섞여 있는 것 같았다. 종아리와 발목의 위치와 형태가 바뀌었다. 내가 고개를 비틀어 틈새를 통해 몸의 일부를 보는 사이, 라디오는 즐겁게 사랑과 그리움을 노래하고 다음 곡으로 넘어갔다. 끈끈한 신음과 땀 냄새, 달그락거리며 부딪치는 가구 소리가 노래 소리에 붙어 바닥을 기어 왔다. 그렇게 한데 뭉친 소리는 내 귀를 통해 뱃속 깊숙이 들어와 똬리를 틀었다. 아마 나는 그날 이후로 노래의 곡조와 리듬감을 놓아 버렸을 것이다.

높은 음을 내는 순서로 들어갔다. 양 다리를 어깨 넓이로 벌리고 들숨으로 배의 아래와 양옆, 등 쪽을 고르게 채웠다. 어깨를 올리거나 배에 힘을 주면 소리가 나가는 길이 불편해졌다. 바람을 넣은 풍선처럼 호흡을 모아 두고 새지 않도록 막았다. 숨을 서서히 내보내면서 지를 수 있는 높은 음으로 하나, 둘부터 아홉까지 소리를 내지르는 연습이다. 나는 하나, 하며 있는 힘을 다해 소리를 뽑아냈다. 성대는 예기치 않게 혹독한 고생을 하게 된 꼴이다. 다섯까지 올려 지르자 고음으로 목청껏 소리를 내 본 적이 없는 목이 심하게 아파 왔다. 성대근육을 유연하면서도 단단하게 키우려면 성대가 먼저 고음에 익어야 했다.

소장은 다섯에서 멈춘 나를 격려했다. 간혹 목이 쉬는 사람도 있지만 계속하면 나아집니다. 노래에 고음이 나오면 지금 방식처럼 소리를 내야 합니다. 좋습니다. 점점 나아지고 있습니다.

다음은 음계 연습이었다. 미솔미솔도, 파솔라시도. 나는 숨을 들이쉰 배를 천천히 풀며 연결된 음계를 따라 나갔다. 소장은 되풀이를 강조했다. 태어나서부터 음을 구별 못하는 음치는 천에 하나 꼴입니다. 모두 후천성 음치죠. 음악에 노출된 시간이 적거나 잘못된 환경에 물든 것입니다. 대뇌가 음을 편안하게 느끼고 흥미로워할 때까지 되풀이해야 합니다.

스톰 밴드는 전국 직장인밴드 대회에 나갈 준비를 하고 있었다. 한 경제신문이 직장인의 성취욕구를 높이는 새로운 경영 성과로 직장 동아리를 주목하는 기사를 실었다. 신문의 한 면을 차지한 기사에는 서양화 모임과 북 연주 모임, 패러글라이딩 팀과 스톰 밴드가 함께 실렸다. 기사 중앙에 그림이 걸린 화실 전경과 북을 치는 장면, 패러글라이딩을 지고 산의 비탈을 달려 도약하는 사진이 배치되어 있었다. 은빈을 인터뷰한 기사 옆에 환하게 웃는 밴드 멤버들이 어깨를 걸고 서 있었다.

은빈은 밴드를 시작하기 전과 후의 생활을 대조해서 늘어놓았다. 밴드가 없던 직장 생활은 행복하지 않았어요. 회사도 맘에 들고 동료들도 나쁘지 않았지만 출근길이 유쾌하지는 않았어요. 주어진 곳이니 그냥 간다는, 무거운 돌을 주머니에 넣고 다닌다고나 할까. 하지만 밴드를 하면서 회사 다니는 게 즐거워졌어요. 연습할 때만 즐거운 것이 아니라 일하면서도 즐겁죠. 연습은 제 몸을 에너지로 꽉 채워 주었고, 그 에너지는 근무하는 동안 제 영혼으로 흘러 들어가는 것 같아요. 때론 동료의 일을 도와주기도 해요. 종전에는 생각도 못한 일이었죠.

사장은 인터뷰에서 자신도 밴드의 성공에 경탄하고 있다고 말했다. 공연하는 밴드는 평등합니다. 모두 공평하게 음악을 나누죠. 부장, 과장, 대리라는 직위는 죽고 드럼과 기타와 보컬만 남습니다. 그처럼 회사는 직원의 것입니다. 저는 직원을 만나면 이보게 이 회사는 자네 것이야, 라고 말하곤 하죠. 하지만 그들은 다르게 봅니다. 직원들은 회사를 사장과 주주가 쥐고 있다고 생각하죠. 그 차이를 경영자가 메워야 합니다. 사장은 직원의 주인의식을 키워 앞으로 새로운 사업 분야로 진출해 도약하겠다며 말을 끝맺었다.

기사를 보고 은빈에게 연락했다. 그녀는 직장인밴드 대회 준비로 더 바빠져 내가 늘어놓는 감탄에 건성으로 응대했다. 밴드에 젖어 있는 은빈은 자연스럽게 나로부터 멀어지고 있었다. 나는 클리닉의 경험을 공유하고 싶었다. 내 노래 실력은 지지부진하지만 조금씩 늘고 있었다. 최선을 다하면 목청은 무대에 오를만큼 나아질 것이다. 서투르게라도 무대에서 듀엣을 끝내고 은빈을 부둥켜안고 싶었다.

귀에서 벌레의 노래 소리가 들린 건 그때쯤이었다. 귀 안에서 노래하는 벌레가 움직였다. 그냥 움직이는 것이 아니라 노래를 들려준다. 이상한 일이었다. 양쪽 귀에 모두 들어앉은 모양이다. 왼쪽 노래가 커지면 오른쪽 귀도 슬그머니 소리를 키웠다. 흥겹게 곡조까지 맞춘다. 귀는 몸 안으로 스피커를 돌려 경쾌한 곡을 튼다. 이어서 곡은 몸 안의 신경을 따라서 돈다. 눈썹을 곤두세우고 몸을 비틀어도 벌레는 태연했다. 소리를 지우고 싶은 내게 맞서며 기어이 끝 소절을 맺는다. 꼭 벌레라고 말할 수는 없었다. 하지만 귀 안에서 노래하려면 벌레처럼 작아야 할 것이다. 어쩌면 노래를 좋아하는 아기 요정이 달팽이관에 사는지도 몰랐다. 귀 안에 벌레나 요정이 살 리 없지만 노래는 다시금 이어졌다. 어쩔 도리 없이 나는 벌레와의 동거를 견뎌야만 했다. 음치 클리닉에 다니면서 얻은 달갑지 않은 선물이었다.

귀 속의 노래 연주는 장소를 가리지 않았다. 사나흘에 두세 번이었지만 꽤 난감했다. 동료와 판매 실적을 정리할 때 클리닉에서 배운 노래 앞 소절이 떠오르면, 노래벌레는 온종일 그 노래만을 내 머릿속에 울려 퍼지게 했다. 그만두고 싶다고 멈춰지는 노래가 아니었다. 끊임없이 끼어드는 노래를 걷어 내면서 동료와 의논하던 일을 마무리했다. 회의실에서 벌레가 기지개를 펴면 놀라 화장실로 빠져나왔다. 결국엔 내 기질과 어긋나는 노래 연습으로 착란에 빠졌는지 걱정까지 되었다. 그런 중에도 노래 공부는 진척이 있었다.

소장이 노래가 나아지고 있다면서 집중해 연습할 곡 셋을 골라 보라고 했다. 그는 내가 고른 노래를 보더니 곡을 바꾸자며 밝고 힘찬 곡을 권했다. 소장이 건넨 곡의 가사를 읊어 보자 가사와 운율이 딱 떨어졌다. 작사를 한 여자는 곡을 쓴 작곡가와 결혼했는데 서로 힘을 합쳐 히트한 곡이 많았다. 여자가 쓴 노랫말에 맞는 곡을 만든 남편 공이 큰 것이다.

악보를 보고 노래하신 적이 없으시죠? 악보를 보지 못하는 가수도 있으니까 움츠릴 건 없습니다. 그래도 악보를 보는 습관을 들이셔야 돼요. 노래를 잘하는 사람도 실은 많이 틀리거든요. 악보를 보지 않고 귀로만 들어 그렇죠. 한번 악보를 보면서 제 노래를 들어 보십시오.

건반을 치는 소장의 목소리는 적절한 대목에서 강하거나 약해졌고 여음(餘音)을 남겼다. 클라이맥스 부분에는 가사에 어울리는 적절한 감정이 묻어났다. 어떤 사람은 기교를 부리고 감정을 많이 실어 부릅니다. 그러면 노래는 죽습니다. 곡은 정확하고 분명하게 불러야 합니다. 감정을 섞는 것은 한 곳, 많아야 두 곳을 넘으면 곤란하죠. 노래는 시냇물과 같습니다. 잔잔하게 흘러가면서 잠깐 바위에서 떨어졌다 다시 고요하게 흐르는…….

소장이 내가 부른 노래의 녹음테이프를 틀었다. 악보와 어디가 맞지 않는지 봅시다. 테이프를 들어 보니 다른 사람의 목소리인 것처럼 귀에 설었고 끔찍했다. 소장은 두 번째 소절과 세 번째 소절의 잘못된 음을 지적했다. 다시 불러 보십시오. 같은 자리의 음이 똑같이 틀렸다. 음을 정확하게 듣지 못해 다르게 받아들였고 두뇌의 청각 영역에서 굳어져 버린 탓이었다. 그래서 성대 근육이 원래 음과 달리 울리는 것이었다.

월말 부서 회식은 삼겹살과 소주로 시작했다. 지글거리는 판에 오목하게 뚫린 구멍 아래로 기름이 고였다. 똑똑 떨어지는 기름은 순식간에 구멍 밑에 둔 통을 가득 채웠다. 판을 몇 번 갈고, 익은 고기 냄새가 옷에 밸 때쯤, 노래방으로 자리를 옮겼다. 마이크를 잡은 직원의 첫 노래는 네 맘을 열어보라며 시작되었다. 다음 노래는 날 불러준다면 언제든지 달려간다고 했고, 다음은 사랑에 불타 버리라고 요구했다. 그 다음 직원은 사랑이 준 깊은 상처를 견뎌야 한다며 괴로워했고, 다음 여직원은 이만 여기서 끝내자고 선언했다. 이어 심장이 멈춰도 이렇게 아플 것 같지 않다고 부르짖었고, 마지막 직원이 날 남겨 두고 떠나간 너만 생각하면 머리가 아프다고 호소했으며, 뒤이어 내 순서가 돌아왔다.

나는 노래반주기의 음정 키를 한 단계 낮추었다. 왼손에 마이크를 들고 오른손으로 박자를 따라갔다. 손에 마이크가 꽉 들어왔다. 처음에는 화면으로 향한 얼굴을 노래가 끝날 무렵에는 자신 있게 테이블로 돌렸다. 직원들이 박수를 쳤다. 그들 얼굴에 영문을 모르겠다는 의아한 표정이 일어났다가 사라졌다. 강 대리님, 이제 실력 나오신다. 잘하시네요.

음치클리닉에서 만난 여자는 우울해 보였다. 집으로 가면서 우리는 습관처럼 카페에 들렀다. 여자는 생각에 잠겨 양손을 모으고 앞 유리창을 뚫어지게 바라봤다. 그녀는 바흐의 무반주 첼로모음곡 음반을 내게 건네주었다. 스웨덴 출신의 첼리스트 토를레이프 테딘이 녹음한 1995년판 곡이었다. 명성 있는 첼로 연주 음반이에요. 나는 음반을 손에 들고 엉뚱한 질문을 했다. 다른 작곡가도 이런 곡을 만들었나요. 왜 바흐는 첼로 혼자 연주를 하도록 했을까요.

홀로 선 악기는 순수해요. 악기 고유의 음색, 다른 악기와 섞이면 사라지는 악기만의 개성이랄까, 우울하거나 외로운 감정을 다른 사람과 나눌 수 없는 것처럼, 그런 감정은 혼자 재워 삭히면 맑아지죠. 저는 이런 명반을 들을 줄 모릅니다. 클래식도 알지 못하고. 가지세요, 가져야 해요. 그이는 희귀한 음반이 많아요. 남편이 모은 바흐 음반을 빼내서 선물로 나눠 주고 있어요.

가벼운 보복이죠. 나는 왜 허약한 보복밖에 하지 못하는 걸까요. 남편은 젊은 여자와 사귀고 있어요. 메조소프라노라고 하더군요. 남편은 그녀의 매력이 목소리라고 했어요. 그녀의 노래가 좋지만 그냥 노래만이 아니었어요. 남자와 여자가 잠자리에서 내는 그 소리. 여자는 말을 더듬었고 나는 알겠다며 고개를 끄덕였다. 그 소리가 매혹적이라는 거예요. 천상의 소리라고 했어요. 어제 그이가 별거를 하자고 하더군요. 나는 그녀가 이혼을 해도 주부노래대회에 나갈 자격이 있는지 딴생각을 하다가 별안간 그녀가 말한 허약한 보복에 끼어들고 싶어졌다.

은빈을 만나지 못한 초조감에서일까, 여자에게 전화를 내었다. 그녀는 가게에 있었다. 가게 가운데 놓인 바구니에서 막 구운 빵 냄새가 코를 자극했다. 빵 가게는 안쪽 벽을 따라 테이블이 놓였고, 오픈 카페 형태로 마루를 깐 창 바깥에도 테이블 세 개가 있었다. 사거리에 있는 가게는 세련된 카페를 닮았다. 아르바이트 직원 둘이 매장을 지키고 안쪽에서 빵을 굽는 직원도 두 명 있었다. 늦은 시간이지만 손님이 많았다. 나는 가게 옆 커피숍에서 여자를 기다렸다.

가게를 정리하고 들어온 여자는 이상한 버릇이 생겼다고 했다. 아르바이트생을 보면 그들이 침대에서 어떤 소리를 낼지 상상하게 된다는 것이다. 청순하고 앳된 그들의 얼굴과 교성을 연결하면 흥분되기도 하고 분할 때도 있다는 것이다. 어느 쪽이 나의 본래 감정인지 모르겠어요. 때로는 괘씸하기도 해요. 그러다 혼란스럽죠. 순진한 그 얼굴이 침대에서 가쁜 소리를 내면 괘씸하다는 것인지, 그런 상상을 하면서 분해하는 내가 미운지 온통 뒤죽박죽이에요. 여자의 말을 들으면서 조금 전에 본 어린 점원 얼굴에서 흘러나올 신음소리를 떠올렸다. 그 얼굴은 큰 눈을 뜨고 미소 지었다. 미소 짓는 얼굴과 신음소리가 어울리지 않아 억지로 눈을 감게 했지만 그럴수록 미소는 환해졌다.

자리를 옮겨 여자가 대회에 낼 곡을 들어 보았다. 여자가 준비한 노래 세 곡은 만남과 이별과 슬픈 기억에 관한 노래였다. 곡의 순서는 기쁜 일과 슬픈 사건을 교차시키는 드라마처럼 배치되어 있었다. 왜 대중가요는 만남과 이별에 관한 노래뿐이죠? 유행가만 그렇나요. 오페라와 가곡도 마찬가지죠. 태어나기 전은 아무 기억이 없고 죽고 나서도 그렇잖아요. 그 사이에 오직 만남과 헤어짐이 있을 뿐이에요. 내가 연습 중인 두 곡을 부르자 그녀는 무난하다고 평했다.

나는 여자가 노래 부를 동안, 선 채로 여자를 어루만졌다. 제자리에서 맴돌며 나아지지 않는 노래 진도에 나는 지치고 있었다. 연습에 최선을 다하고서 은빈을 만나겠다는 다짐은 자꾸만 날이 무뎌졌다. 나는 여자의 복수에 동참하면서 내게서 멀어지는 은빈에게 앙갚음하고 있었다. 여자가 만남의 기쁨을 노래할 때는 머리와 목을 쓰다듬었고, 이별을 노래하면 가슴을 껴안았으며 슬픈 기억을 호소하면 허리를 안았다. 여자는 묵직하게 나의 몸짓을 물리쳤다. 그러나 완전히 막지는 않았다. 여자의 노래에는 간절함이 녹아 있었다. 절정에 오르면 감정을 매듭짓고 여운을 남기는 바이브레이션을 구사했다. 그 노래는 듣는 이에게 여자의 갈망을 느끼게 했다. 나는 엉뚱하게도 그 갈망 속에서 노래를 향한 나의 갈증을 느끼며 몸을 떨었다.

여자는 힘이 드는지 몸을 벽에 기대었다. 이제 더는 노래를 배울 힘이 없어요. 노래대회에서 우승하면 짓이긴 자존심을 살릴 수 있을 것 같아 시작했어요. 가끔 메조소프라노와 맞대결을 하는 환상에 사로잡히곤 했죠. 환상 속에서는 승리했지만 난 메조에게 이기지 못해요. 다음 주에 합의이혼을 할 거예요.

은빈에게서 만나자는 연락이 왔다. 은빈을 차에 태우고 도심의 터널을 지나 산으로 뻗은 길을 달렸다. 정자 옆에 차를 세우자 불빛이 휘감은 시내가 보였다. 도시는 건물을 무너뜨리며 치솟는 불길처럼, 훤히 밝은 곳과 진한 어둠이 뒤섞여 있었다. 은빈은 자신을 송두리째 덮친 음악이란 불길에, 이제는 단련된 듯 침착했다. 그녀가 돈을 빌려 달라고 했다.

갚지 못할지도 몰라요. 곧 회사를 그만둘 거예요. 나는 놀란 시선을 던졌으나 그녀는 차분했다. 음악을 하고 싶어요. 학생 시절 꿈꾸다 접었고 다시는 기회가 없을 줄 알았어요. 이제 해야만 해요. 회사를 다니면서 음악을 계속하라고 권하자 그녀는 고개를 저었다. 기회가 왔어요. 이번에 몰두해서 도전하고 싶어요. 좋은 곡을 들고 있는 분이 계셔요. 젊은 시절 음반도 냈는데 이쪽에서는 알아주는 분이세요. 지금은 노래 교습실을 운영하고 계셔요. 그분이 내 노래를 듣고 곡을 주시겠다고 했어요. 실력 있는 사람을 모아 밴드도 만들 계획이에요.

어디론가 향해 달려가는 자동차의 붉은 불빛이 끝없이 이어지고 있었다. 붉은 등을 꼬리에 단 차들의 행렬은 길고 긴 한 마리의 용 같았다. 그 용의 머리와 꼬리가 어느 쪽인지, 용이 꼬리 쪽으로 움직이는지 머리 방향으로 가는지 도무지 찾을 수가 없었다. 그 많은 자동차들이 과연 어디로 향하는지 궁금했다. 멀리서 본 붉은 불빛 속에 사람이 든 것도 믿기지 않았다.

나는 돈을 빌려 주기로 했다. 은빈에게 같이 무대에서 노래를 한 곡 하고 싶다고 했다. 언제 말이에요? 관중이 다 도망가면 안 되니까, 리허설 때가 좋겠죠. 그녀가 기분 좋게 웃으며 하얀 이를 드러냈다. 언제든 오세요. 관중이 없어져 둘만이면 더 좋지요. 기다릴게요. 참, 저와 같이 노래하는 김 대리가 약혼해요. 상대는 학교 동창이라나요. 여자 분은 밴드공연이라면 질색이래요.

열흘 동안 클리닉에 가지 않았다. 속으로는 회사 일이 바쁘다는 핑계를 대었다. 그렇게 잠시 쉬고 들른 클리닉은 조용했다. 접수 담당 아가씨는 얼마간 강습이 없다고 알려 주었다. 오시면 소장님이 직접 말씀드린다고 해서 연락을 못 드렸어요. 소장님은 여기 오시는 수강생…… 그렇죠, 주부노래대회에 나가신다는 분과 여행을 가셨어요. 공개적인 신혼여행이에요. 결혼식을 올리거나 혼인신고를 하거나 그런 건 아니고요, 뭐 동거라고 봐야겠죠. 오후에는 그분이 하는 가게 관리를 하신다고 해요. 어쩌면 클리닉을 그만두실지도 모르겠네요. 지금보다 일하는 시간을 줄이고 예전부터 하려던 음악 일을 하실 것 같아요. 원체 소장님께서 재능 있는 분이시니까 손을 놓기가 어려웠던 모양이에요. 저도 놀랐어요. 그 여자 분과 그렇게 되실 줄은. 소장님이 워낙 열성으로 가르쳐서 결선까지 갈 실력을 만드셨다니까요. 마음 붙일 만큼 자주 본 덕이겠지요. 아가씨는 클리닉을 나서는 내 옆에서 일정이 조정되는 대로 연락 드리겠다고 했다. 나는 손에 익숙한 문을 닫고 계단을 내려왔다. 여기 온 첫날, 돌아서서 계단을 내려갈까 머뭇거리던 기억이 떠올랐다.

회사 경영전략회의에서 시장관리부 업무 실적이 좋지 않다는 평이 나왔다. 새로 출시한 복합복사기 모델로 경쟁 회사가 시장점유율을 올렸다. 우리 회사는 늦게 들어간 복합기 시장에 성

공적으로 진입하지 못했다. 제품개발을 둘러싼 시장관리부와 개발부의 호흡도 맞지 않았다. 사장이 시장관리부서 간부를 불러 질책했고, 시장관리부와 제품개발부, 기획부의 연쇄 회의가 잡혔다.

새 부장이 부임했다. 그는 회사의 위기를 길게 설파하고 더 열심히 뛰어 줄 것을 촉구했다. 부장이 취임한 시장관리부 회식 자리에서 술잔이 많이 돌았다. 나는 술을 제법 받았다. 2차로 간 노래방에서는 시장관리부의 분발을 촉구하는 폭탄주가 몇 차례 더 돌았다. 마다치 않고 끼어서 술을 들었다. 나는 음치클리닉에서 연습한 노래 세 곡을 불렀다. 세 곡만 부를 수밖에 없었다. 더는 노래가 나아가지 않았다. 연습하지 않은 곡은 절벽처럼 건너가기가 두려웠다.

나는 다시 여자가 도전했던 노래 세 곡을 넣었다. 첫 곡은 그냥 흘려보냈다. 여자가 준비한 곡은 어려웠다. 두 번째 곡에는 앞으로 나서 보았지만 박자와 음정 모두 무너졌다. 여자가 바이브레이션한 부분과 감정을 실은 소절을 살리려고 몸을 가누며 목을 몰아 보았다. 나는 예전의 음치 시절로 돌아가고 있었다. 노래는 차츰 노래방 벽에 기댄 여자의 괴로운 신음소리를 닮아 갔다. 직원들이 눈살을 찌푸리며 조용해졌다. 예전에 노래방에서 보았던 고약스런 표정이 번졌다. 그 표정은 테두리를 넓혀

하나의 얼굴로 변했다. 나는 더 이상 노래라고 말하기도 어려운 고함과 비명들을 쏟아 내었다. 마지막 곡은 다른 사람이 나가서 불러 주었다. 여분의 마이크는 이때를 위해 기다리고 있었다.

나는 자리에서 고개를 처박고 가사를 웅얼거렸다. 리듬을 맞추며 손으로 허벅지를 두드려 보았다. 엉망으로 노래를 망쳤지만 오히려 마음은 편안했다. 비틀대며 일어나 바람이 부는 밖으로 나섰다. 찬바람이 몸을 감싸자 정신이 바짝 들었다. 나와 친숙했던 그 곡들을 떠올리자 오그라든 마음이 편안하게 펴졌다. 이 세상에 그 노래만 있어도 좋을 것만 같았다. 넉넉한 노래 셋. 욕심을 내면 다섯. 은빈과 무대에서 부를 한 곡까지. 나는 그녀와 노래할 한 곡을 흥얼대며 큰 길에서 골목으로 접어들었다.

은빈의 연습실까지는 제법 멀었다. 청동으로 기둥을 만든 가로등 불이 환했다. 드럼 주자가 스틱을 딱딱 울렸다. 베이스기타의 낮은 소리, 신시사이저의 화려한 화음이 뒤섞였다. 낮은 음이 내 몫이었다. 슬그머니 울린 나의 노래는 바람과 맞서며 커졌다. 지나가는 사람이 나를 돌아보았다. 나의 노래를 받아 은빈의 윤기 있고 단단한 음이 뻗어 올랐다. 나는 황홀하게 귀를 기울였다.

통증의 시작과 끝

오늘이 그날이었다. 별안간 잠에서 깬 태수는 눈을 떴다. 시계를 보니 새벽 두 시 십 분 전이었다. 두 시로 맞춰진 알람을 껐다. 거실로 나와 전기주전자에 물을 올렸다. 물이 끓자 딸칵하고 스위치가 꺼졌다. 그는 거실 블라인드를 올려 맞은편 아파트를 바라보았다. 두 집에 전등이 켜져 있었다. 블라인드를 내리는 사이, 마지막 집의 불이 꺼졌다. 그 불이 사라지면서 큰 소음이 멈춘 것처럼 적막이 찾아왔다.

잠을 깨면서 꿈에서 본 아내 모습이 선명했다. 아내는 감나무 가지를 뚝뚝 부러뜨리며 나무에서 나무로 뛰어다녔다. 두 줄로 선 나무들의 가지를 딛고 하늘로 솟아오르자 즐거워하며 팔을 치켜들었다. 아내는 양손을 모아 입술에 갖다 대고 둥글게 벌려 고함질렀지만 소리는 들리지 않았다. 나뭇가지 사이로 햇빛이 쏟아져 들어와 바닥에 깔린 어둠을 빗살무늬로 밝혔다. 허공을 나르는 아내의 움직임이 느려지더니 발을 쭉 뻗어 가지에 내려앉았다. 무게를 못 이긴 가지가 휘청했다.

방문이 달칵 열리며 아내가 거실로 나왔다. 그녀는 서 있는 태수를 멍하니 바라보았다. 이렇게 이른 새벽에 무슨 일이에요. 아내는 불안한 표정으로 거실을 둘러보고 태수에게로 고개를 돌렸다. 태수는 브렉퍼스트 티에 흑설탕 한 스푼을 타서 내놓았다. 아내가 하루를 기분 좋게 시작한다며 즐겨 마시는 홍차였다. 목넘김이 가볍고 부드러운 맛이었다. 아내가 홍차를 마시는 아침은 다시는 찾아오지 않을 것이다. 조용히 홍차를 마시던 아내의 시선은 태수를 스쳐 흰색 투피스가 올려져 있는 가죽 소파로 향했다.

당신은 저 옷이 좋지 않겠소?

태수는 조용히 아내를 바라보았다. 머리가 놀랍도록 맑아서 사물이 푸른 계곡물처럼 선명하게 보였다. 막다른 길에 도달하자 두통은 모습을 감췄다. 두통은 자신의 숨길이 막힐 새벽 시간을 가늠하며 꼬리를 내렸다.

거실 바닥에는 긴 전선이 놓여 있다. 그 옆으로 선을 비스듬히 잘라낸 멀티탭을 나란히 놓아두었다. 문을 따고 들어온 경찰이 잘려나간 자리를 바로 맞춰 볼 것이다.

아내가 흐느끼기 시작했다. 숨을 죽여 어깨를 들썩이는 울음은 가냘프면서도 질겼다. 태수는 진득하게 녹아드는 그 소리를 묵묵히 들었다. 머지않아 끝나게 될 아내의 울음이었다.

태수는 아내의 손을 붙잡았다. 손톱깎이가 탁탁 소리를 내면서 손톱을 맞물어 잘라 냈다. 몸에서 손톱이 분리되어 탁자로 떨어졌다. 손톱을 다듬는 사이에도 아내는 손을 맡긴 채 울음을 그치지 않았다. 손톱의 가장자리를 다듬은 뒤, 떨어져 나온 손톱을 흰 티슈에 모았다. 태수는 반듯하게 사각으로 티슈를 접었다. 태수가 발을 잡자 아내가 흐느끼면서 고개를 저었다. 그만두라는 표시였다. 태수는 천천히 일어섰다.

태수의 가슴 절반이 흔들리면서 아내 울음에 보조를 맞췄다. 나머지 가슴 절반에서 들리는 소리가 명료하게 앞을 막아섰다. 그 소리는 이 장면을 허공에서 바라보는 또 다른 태수처럼 냉정했다. 오늘을 놓치면 안 돼. 소리는 단호했다. 그러자 지난 며칠 동안의 일들이 빠르게 뇌리를 스쳐갔다.

1

　여자는 짧게 입술을 대고 고개를 돌렸다. 통증 때문이에요. 여자가 미안해하는 얼굴로 변명했다. 리기다소나무가 짙은 어둠을 만들어 내는 벤치에서, 태수와 여자는 마주보는 콘크리트 건물만 말없이 바라보았다. 흑백으로 떠오르는 그 광경 속에는 대학동창 모임에서 만나 처음 나누는 키스의 설렘이나 달콤함은 녹아 있지 않았다. 통증이에요, 하는 말만 오래도록 귓가에 남아, 아내를 떠올리노라면 그녀의 그림자처럼 함께 나타났다.

　아내는 입술과 구강이 민감했다. 가장 좋아하는 음식은 수프였다. 갈거나 빻아서 입안에서 걸리지만 않으면 아내의 입맛에 맞는 것이었다. 버섯도 식단에서 빠지지 않았다. 균사로 얽힌 몸이 부드러웠고 목에서 쉽게 넘어갔다. 능이버섯, 꽃송이버섯, 표고버섯, 느타리버섯 등, 비슷비슷해 보이는 종류의 맛과 향기가 각자 독특했다.

　아내를 만나는 사람은 그녀의 조심스러운 식사에 놀라곤 했다. 아내는 조심스럽게 일별해, 부드럽거나 잘 으깨지는 종류의 음식만 골라 하나씩 입에 가져간 뒤 혀를 굴려 가며 오래 씹었다. 음식을 맛보며 넘기는 동작이 한 치의 실수도 용납되지 않는 종교의식처럼 신중했다. 육류나 생선같이, 음식이 되기 전 움직임이 있었던 재료들은 아내의 입에 들어가면 모두 날카로웠다. 피하지 못하고 딱딱하거나 날카로운 음식이 입안에 머물면 얼굴이 예민해졌다. 너무 신중해서 때로는 혀와 이로 입안에 든 작은 지뢰를 해체하는가 싶었다. 통증이 심해지면 아내는 잡곡과 채소를 갈아 넣고 미숫가루보다 더 걸쭉한 액체를 만들어 통에 담아 들고 다녔다. 아내가 오래도록 씹는 음식처럼 태수는 그녀의 몸을 어루만지며 음미하고 싶었다. 태수가 아내의 몸을 열 때마다 아내는 그의 마음에 맞추려 애를 썼지만 그러는 여자의 동작에는 통증이 배여 있었다.

증세가 악화되면 아내는 입원을 했고, 당연하다는 듯 복잡한 검사가 뒤따랐다. 검사 결과를 보러 간 태수에게 의사는 만년필로 책상을 톡톡 두드리며 한참 뜸을 들이더니 의자를 당겼다. 의사가 더는 미룰 수 없다는 듯 엄숙한 표정을 지었다.

통증은 갈수록 악화됩니다.

나을 가망이 없나요?

현재로서는 낫지 못하는 병입니다. 관절과 신장 같은 몸 구석구석이 망가질 수 있지요.

병실로 돌아온 태수에게 2인실을 같이 쓰는 옆 침대 환자가 나직하게 말했다. 방금 전, 부인에게 어떤 남자가 찾아왔어요. 잘생겼던데요. 그냥 느낌이 좋지 않아서요.

환자는 고자질하는 기쁨에 눈을 반짝거렸다. 부인이 찾아온 남자의 옷매무새도 살피고 넥타이도 매만졌어요.

태수는 환자의 말을 잘랐다. 찾아온 남자는 동창입니다. 나도 아는 사람이오. 태수가 목소리를 올렸다. 제 아내의 행동이 이상하게 보이지요? 통증 때문이오. 생각해 보시오. 살을 에는 고통이 매일같이 달려들면 어떻게 될 것 같소?

그 고통은 도대체 손쓸 방도가 마땅찮았다. 태수는 언젠가 아내와 함께 중세를 배경으로 한 영화를 본 적이 있다. 영화 속에서 전쟁 중 내부의 반란으로 성문이 열리고 마는 장면이 있었다. 순식간에 들이닥친 적군이 휘두르는 칼날에 성을 지키는 병사가 죽어 나갔다.

내 꼴과 같군요.

아내는 쓰게 웃었다. 면역계가 자신이 보호해야 할 몸을 무차별하게 공격하는 질환이었다. 병은 면역계의 눈에 모래를 던져 앞을 못 보게 만들었다. 가야 할 곳을 잃은 면역계는 자기 몸의 조직으로 공격의 화살을 돌렸다. 아내의 병은 좋아지기도 하다 갑자기 악화되는 굴곡을 겪으면서 끝없이 지속되고 있었다. 병이 손목과 팔꿈치 관절을 침범해 들어오면서, 입술과 구강에 머물렀던 통증이 팔까지 내려오기 시작했다. 손목 관절이 벌겋게 부어올랐다. 손목을 건드리면 여자는 자신도 모르게 날카로운

비명을 질렀다. 드디어 무릎관절이 조금씩 부풀었다. 예리한 칼
날 같은 통증은 그녀의 몸속에서 끊임없이 자라나, 몸을 가를 기
세로 그녀를 괴롭혔다.

아내에게 닥친 상황은 언제가 최악일지 가늠하기 어려웠다.
밑바닥이 잡히지 않았다. 태수가 아내의 가슴을 부드럽게 쓰다
듬을 때도 그녀는 갑자기 비명을 지르며 몸을 비틀었다. 때를 가
리지 않고 몸에서 솟아나는 아픔은 여자를 잠시도 놓아두지 않
았다. 아픔은 때로는 날카롭게, 때로는 방심한 틈을 타서 은밀
하게 밀고 들어왔다. 성을 유린하는 침략군처럼, 통증은 관절과
내장과 근육 곳곳을 마음대로 짓밟고 지나갔다. 가끔 저 통증이
진짜일까 하는 의문이 들기도 했다. 통증 앞에서 그는 무력했다.
태수는 아내 옆에서 괜찮지, 하는 소리만 연발할 뿐이었다. 시간
이 흐르면 아내는, 이젠 참을 만해요, 하며 떨리는 손으로 진땀
에 젖은 머리카락을 쓸어 올렸다. 아내가 기성과 같이 있는 그
몇 시간은 경이롭게 증상이 감춰지는 것일까. 그 생각을 하면서
태수는 스스로가 기울어진 허수아비처럼 초라하게만 느껴졌다.

아내가 자주 집을 비웠다. 밤이면 태수는 베란다에서 맞은편
아파트를 보았다. 그는 자그마한 사각형 창문으로 불빛이 흘러

나오는 집을 세어 보았다. 서른세 곳이다. 맞은편 정면에 위치한 집을 보았다. 노르스름한 빛을 내는 부엌 쪽 창문 옆으로 하얀색 창문이 조그맣게 빛났다. 그는 선반에서 코냑 병을 꺼내 잔에 따랐다. 불이 하나둘 꺼졌다. 두 잔을 들이켜자 불 켜진 집은 스물한 집으로 줄었다. 아내는 아직 돌아오지 않았다. 태수는 맞은편 집이 무한으로 늘어나는 상상에 잠겼다. 그 늘어나는 집에 맞춰 통증도 무한으로 늘어난다. 한 집씩 불이 꺼지면서 따라오는 통증은 끝없는 공포였다.

태수는 눈을 감고 마음속으로 맞은편 아파트의 불을 모두 꺼버렸다. 아내는 한꺼번에 통증이 사라지자 편안하게 거실을 걸어 다녔다. 쓸데없는 상상이라 생각하면서 그는 미끈하게 빠진 기성의 얼굴을 떠올렸다. 발작 같은 두통이 머리를 가로질렀다. 그는 얼굴을 찡그리며 자신도 모르게 손을 머리로 올렸다. 그러면서 기성의 모습을 지우려 힘차게 머리를 털었다.

아내는 일곱 집이 남았을 때 집으로 들어왔다. 아직 안 잤어요? 아내가 부끄러운 기색으로 물었다. 남편의 얼굴에서 가장된 무심함을 읽은 여자는 무안한 손짓으로 머리를 쓸어 올리며 소파에 앉았다. 아내는 다리를 모으며 얼굴을 찡그렸다. 아내의 얼굴 윤곽에 날이 선 것 같았다. 불온한 냄새가 아내에게서 퍼져 나와 거실로 스멀스멀 번져 나갔다. 아내가 옷을 갈아입고 화장을 지웠다.

그는 아내 옆에 앉아 조용히 머물렀다. 늦었어, 자야지. 그래요. 태수가 누운 채로 발을 아내에게 뻗었다. 아내가 부드럽게 발을 붙였다. 그는 아내에게 오른팔을 내주었다. 아내가 돌아눕자 풍성한 머리칼이 그의 팔에 올라왔다. 태수는 나이트가운 사이로 보이는 아내의 속옷에 눈길을 멈췄다. 아내가 언제부터 팬티 하나만 입었던가? 면으로 만든 나이트가운을 걸치기 시작한 때부터였는가? 삼각형 모양의 속옷은 흑표범 무늬에 자주색 나비 리본으로 은밀한 빛을 발했다. 어제는 하트 문양 망사에 양 끝으로 분홍색 리본이 달렸었다. 침실 탁자에 켠 갓등에서 나온 불빛이 리본을 비추었다. 요골에 걸린 리본은 그 끈을 풀어 줄 손길을 기다리며 고혹적인 매력을 뿜었다.

태수는 그 리본을 풀려고 여러 번 손을 뻗쳤다가 멈췄다. 나비 리본을 풀면 속옷은 숨겨져 왔던 공간에서 미끄러지리라. 끈에서 풀린 속옷 절반은 저항 없이 바닥으로 떨어진다. 남은 절반은 허벅지에 걸쳐지면서 다음 손길을 기다릴 것이다. 그가 팬티 리본 끝을 잡아당겼다. 리본은 꿈쩍하지 않은 채, 그 앙증맞은 차림을 그대로 유지했다.

안 풀리는 리본이야?

박음질해서 달아 놓은 거예요. 몰랐어요?

아내는 리본 달린 속옷을 모으고 있었다. 그 리본들은 거울 달린 장의 서랍에 차곡차곡 들어갔다. 아내가 늦게 들어오는 밤이면 그는 속옷을 들추었다. 하트가 그려진 분홍, 은회색, 자주, 검정 리본이 속속들이 나타났다. 태수는 속옷을 움켜쥐며 코를 들이댔다. 말라 버린 향수 냄새가 풍기는 잔향이 리본에서 퍼져 나왔다. 그 냄새가 아내로 변신한 다른 여자에게서 나오는 것 같아 태수는 경계심이 느껴졌다. 들여다보던 속옷을 순서대로 정리해 놓고 거칠게 서랍을 닫았다.

아내가 리본 달린 속옷을 모은 건 두 해 전부터다. 태수가 아내에게서 비명을 들었던 즈음일 것이다. 그날 태수는 머리에서 발끝까지 아내를 더듬었다. 손길은 발에서 머리까지 올라갔다. 아내는 가늘게 몸을 떨며 그를 기다렸다.

태수가 아내의 몸으로 들어갔다. 그녀의 숨소리가 높아지면서 가빠졌다. 아내가 작은 비명을 질렀다. 그녀의 복강이 한껏 부풀며 이물을 밀어내려는 몸짓처럼 수축했다. 그는 멈칫했다. 아내의 응답에는 평소와는 다른 가시가 숨겨져 있었다. 그는 정수리로 몰려드는 자극에 쫓겨 몸을 다시 움직였다. 아내가 높고 거센 소리를 지르며 허벅지가 꼿꼿해졌다. 아내의 비명에는 거부가 담겨 있었다. 그럼에도 그녀는 남편을 밀어내지 않았다. 태수는 동작을 멈췄다. 아내의 얼굴이 눈에 들어왔다. 입을 꽉 다물고 눈을 흡뜬 표정이었다. 절정에 오르기 직전에 몸이 반응하는 모습이었다. 한편으로 그건 분명, 격렬하게 자신을 갉아 내는 통증을 참는 표정이기도 했다.

괜찮아?

좋아요. 너무 좋아요. 그녀의 목소리는 가빴다. 입술이 비틀려 한쪽으로 올라갔다. 귀신을 눈앞에 본 듯한 표정은 그대로였다.

아파요.

태수는 불쾌해졌다. 그는 자신이 아내의 고통에 잠시라도 불쾌감을 느꼈다는 사실에 놀랐다. 그 불쾌감은 뒤이어 밀어닥친 연민에 밀려 곧 사라졌다. 그는 자신의 몸 일부분이 칼날처럼 작용해서 아내의 몸을 베지 않을까 두려웠다.

태수는 몸을 멈추고는 아내에게서 빠져나왔다.

베란다에서 기성을 떠올렸다. 놈은 삶을 지배하는 통증을 알까. 몸의 주인이 된 통증이 무엇을 먹을지, 어디를 가야 할 지, 잠을 잘 수 있을지 휘두르는 상황을 알까. 태수는 건너편 아파트 불빛을 보며 고개를 저었다.

태수는 코냑 한 잔을 따라 베란다로 나왔다. 베란다 문을 닫으니 거실로 흘러나오는 아내의 신음소리가 그쳐 있었다. 맞은편 아파트에서 불빛이 보였다. 태수는 불이 켜진 아파트 숫자를 헤아렸다. 불을 켠 집이 더 많았다. 코냑은 목을 덥히면서 넘어갔다. 한 집에서 불이 꺼졌다. 그는 불 켜진 집이 세 곳으로 줄어들면 마음을 정하리라 결심했다. 침실로 돌아와서 아내를 보았다. 아내는 이미 혼곤하게 잠들었다. 이마에는 땀이 배이고 입술이 벌어져 있다. 그는 침대에 앉아 아내의 머리에 슬며시 손을 얹었다. 그녀는 희미한 웃음을 그리며 태수의 손을 잡았다. 눈꺼풀 아래에서 눈이 빠르게 움직였다. 아내는 계단을 헛디디기라도 한 것처럼 흠칫 몸을 떨며, 그가 붙잡은 손에 힘을 주었다. 태수가 그녀의 얼굴에 왼손을 올려 골격을 만졌다. 피부와 근육 때문에 손은 얼굴 골격을 정확하게 집어내지 못했다. 아내가 태수의 손을 뿌리치려 얼굴을 흔들었다. 태수는 천천히, 아내에게 붙잡힌 오른손을 빼냈다. 아내가 빠져나가는 손을 붙잡았다. 그는 기다렸다. 다시 손을 빼자 아내의 손이 스르륵 풀렸다.

태수가 다시 베란다로 나왔다. 맞은편 불빛은 일곱 집이었다. 두 집에서 동시에 불이 꺼졌다. 다섯 집이 남았다. 불이 꺼진 집으로 마음을 결정하겠다니, 문득 그는 어이없는 짓을 한다는 생각이 들어 쓴웃음을 지었다. 아파트에서 전등은 언젠가 꺼지기 마련이었다. 코냑을 한 잔 더 마셨다.

세 집이 남았다. 그는 결행하기로 한 숫자를 다시 한 집으로 줄였다.

별안간 현관문 바깥 콘크리트 외벽에 거미줄을 친 거미 한 마리가 떠올랐다. 거미는 15층에 부는 바람을 맞으며 줄에 달라붙어 있었다. 바람은 줄기찼고 거미줄은 세차게 흔들렸다. 거미는 요동치는 줄에 매달려 꼼짝하지 않았다. 놈은 단순하고 독하게 자신이 내린 선택을 믿고 있는 듯했다. 하지만 놈도 불안하지 않았을까. 사십 미터가 넘는 허공까지 올라오는 날벌레가 있기는 한 걸까. 거미는 굶주리면서 아파트 불빛을 지켜보았으리라.

현관문 옆 방충망을 열고 외벽을 들여다보았다. 밖은 이미 어두워져 거미는 보이지 않았다. 손전등을 비추자 콘크리트 골에 붙은 거미줄 조각이 보였다. 잠복했던 거미가 15층에서 사라졌다. 캄캄한 벽 아래는 아득했다.

새벽녘, 옆자리에서 자던 아내가 신음소리를 냈다. 신음소리는 끊어질 듯 계속 이어졌다. 아내는 통증이라는 이름의 악마에 쫓기며 선잠을 잤다. 아내가 침대 머리맡에 앉은 몇 분 뒤, 태수는 불온한 예감에 어김없이 눈을 떴다. 아내는 침대 머리 장식에 기대어 무릎을 팔로 감싸 안았다. 고개를 무릎 사이로 묻은 그녀는 어깨를 떨었다. 태수가 몸을 왼쪽으로 돌리자 아내는 침대 모서리로 물러나 앉았다.

옆방으로 가세요.

괜찮소.

당신까지 피곤해지는 건 싫어요.

괜찮다니까.

태수는 일어나 아내에게 약과 물을 가져다주었다. 아내는 약을 먹고 다시 잠에 들면서 몇 시간의 여유를 되찾았다. 새로 잠든 몇 시간의 잠이 아내의 목숨을 지탱시키는 힘이었다. 그는 침대 머리에 몸을 기대었다. 침실은 완전한 암흑은 아니었다. 도시를 맴돌다 길을 잃은 빛이 스며들었다. 태수의 눈이 그 어둑한 빛에 익으면서 아내의 측면이 뚜렷하게 잡혔다. 아내는 입술을 앙다물고 얼굴 근육은 굳어서 방어 태세를 취했다. 흘러내린 머리칼 사이로 식은 땀방울이 보였다. 태수가 아내의 손을 잡자 그녀는 의지할 무언가를 찾아 안심한 자세로 손을 움켜쥐었다.

아내가 화장실에 간 사이 태수는 재빨리 핸드백을 살폈다. 안쪽 지퍼를 열자 리본을 단 팬티가 나왔다. 은회색 테두리의 검은 리본이 고개를 떨어뜨렸다. 그는 속으로 숨을 삼켰다. 그가 천천히 숨을 내쉴 즈음, 아내가 화장실에서 나왔다.

아내의 속옷을 찾아보았다. 서랍에서 리본이 하나 없어지면 아내는 하루를 꼼짝 못하며 더 심한 통증에 시달렸다. 리본이 없어지는 날이 규칙적으로 늘어 갔다. 리본이 없어지는 날이 쌓이

면서 아내는 이틀을 침대에 누워 지냈다. 꼭 다문 입술에서 신음
소리가 흘러나왔다.

2

태수에게 통증은 증시가 곤두박질을 치던 무렵 찾아왔다. 펀
드 매니저였던 그는 자신을 덮친 두통을 시황 때문으로 생각했
으나, 그건 태수만의 착각이었다.

그날 오전 아홉 시, 증시는 조용하게 열렸다. 정오가 지나서
장이 급작스럽게 출렁댔다. 선물 옵션을 담당하는 박은 모니터
세 대를 쏘아보며 연달아 마우스를 클릭했다. 박 옆에 배달된 초
밥 도시락 뚜껑이 그대로 덮여 있었다. 지수가 빠르게 내리박혔
다. 빌어먹을. 옵션에서 망했어. 개자식들, 죽었으면 당일 발표해
야지. 이게 무슨 짓이냐.

태수는 흘낏 화면을 보았다. 박은 닷새 전에 콜 옵션으로 큰
수익을 챙겼다. 오늘 털려도 그날 수익으로 메우면 된다. 운수
나쁜 날도 있는 거지. 박이 펄쩍 뛰었다. 운수 나쁜 정도면 말을
않지. 이건 몽땅 휩쓸어 가는 쓰나미야. 박은 장이 닫힐 때까지
욕설을 하며 으르렁댔다. 욕설할 힘이 남았으니 잘될 거야. 박은
심각했다. 내일 장이 열리지 않았으면 좋겠어. 그래? 그럴지도

모르지. 내일을 한번 기다려 보지.

그날 태수를 덮친 통증은 며칠이나 가시지 않았다.

의사가 책상에 놓인 모니터 두 개에서 하나를 태수에게로 돌렸다. 모니터에는 3차원 영상으로 촬영된 두개골의 모습이 보였다. 태수는 그 흉측한 두개골이 자신의 뇌라는 걸 알았다. 붉게 그어진 수많은 혈관들이 샅샅이 뇌를 뒤덮어 완전히 틀어쥐고 있는 것처럼 보였다.

뇌혈관 이상은 없습니다.

머리가 단정하고 안경을 쓴 사십대 초반쯤의 의사가 덤덤하게 말했다.

선생의 두통은 뇌 쪽에 문제가 있어서 일어난 게 아니라는 뜻입니다.

의사는 몸을 뒤로 젖히며 원인을 찾으려는 노력을 충분히 했다는 심각한 표정을 지었다. 아내를 진단한 의사도 결과를 말하며 비슷한 동작을 보였다.

그럼 도대체…….

태수는 미간을 약간 찡그렸다.

원인 불명의 두통이 많습니다.

의사는 마우스로 뇌 사진을 천천히 끌어올리며 최근에 스트레스를 받을 일이 있었냐고 물었다. 평범하고 당연한 질문이었지만 그 물음에 뇌 안쪽에서 이상한 반응이 일어났다. 뒤통수에서부터 찌르면서 시작된 두통이 왼쪽 이마를 달려 관자놀이에서 멈췄다. 모니터에 나타난 뇌혈관이 삽시간에 오그라지며 피가 부풀어 오르는 것 같은 착시 현상이 덩달아 일어났다.

처방약을 받은 태수는 차를 남기성의 커피숍으로 몰았다. 도로가 2층 주택을 개조한 커피숍은 훤히 펼쳐진 마당과 맛있는 커피로 소문난 집이었다. 갈색으로 통일한 단색 톤과 오래된 가구의 느낌을 주는 인테리어가 아담하게 배치되어 있었다. 아늑하고 부드러운 기운이 넘쳐 여자들이 많이 찾았다. 가게는 1층 바닥까지 닿은 미닫이 유리창을 마당과 통하도록 활짝 젖혀 두었다. 가을이 깊어 가며 기력이 줄어든 햇빛이 가게 안으로 스며들었다. 마당의 감나무가 옆 담장을 넘어 가지를 뻗었다. 해가 구름 속으로 들어가 감나무 잎에서 반짝거리던 노란 빛이 숨을 멈췄다. 창가에 앉은 연인 한 쌍이 그 나무를 바라보며 소곤대고 있었다.

구석자리에서 커피 향을 즐기던 남기성이 눈에 들어왔다. 기성이 태수를 발견하고 눈썹을 추켜올렸다.

웬일이냐.

병원 갔다 오는 길에 들렀다.

그래? 어디가 아파?

두통이야.

에스프레소 머신을 손질하던 여종업원이 테이블로 와서 주문할 커피 종류를 물었다. 태수는 긴 머리에 얼굴이 갸름한 여종업원의 얼굴을 쳐다보았다. 기성은 다른 곳보다 시급을 높게 쳐서 예쁜 아르바이트생을 고르고, 그녀가 가게를 그만두면 디젤엔진이 그르렁대는 외제승용차에 태우고 다녔다. 그는 고등학교 동창 체육대회에도 여자를 데리고 왔다. 사흘이 멀다 하고 바뀌곤 하는 그 여자들은 접시에 과일 담는 일을 잠깐 도와주고 깔깔 웃음을 터뜨리며 축구경기를 지켜보았다.

괜찮아? 심한 모양이네.

기성은 두통이야 목숨과 상관없는 병이지, 하는 가벼운 말투로 물었다. 태수는 기성의 물음에 쓴웃음을 지으며 속으로 중얼거렸다. 네 앞에서는 괜찮지. 기성 앞에서 태수의 머리는 투명한 유리창을 끼워놓은 듯 맑아지면서 통증이 멀리 달아났다. 기성에게서 멀어져 그 얼굴을 떠올리면 두통은 다시 터져 나왔다. 그 얼굴은 이마를 지나 왼쪽 관자놀이에 있는 통증점을 파고드는 듯했다. 날카로운 꼬챙이로 찌르는 듯한 통증이 몰려오면 몸을 뒤틀며 손으로 머리를 감쌌다. 물렁한 회백질과 막만 있는 머리에서 어떻게 그런 지독한 통증이 일어나는지 도무지 알 수가 없었다. 태수는 손가락을 세워 머리를 단단하게 누르며, 두개골을 열어 관자놀이 부분을 긁어내었으면 좋겠다는 생각을 했다. 두통은 머리를 밑바닥까지 휘젓고 나서야 잠잠해졌다.

나야 뭐, 아내가 걱정이지.

기성이 입으로 가져가던 커피잔을 멈췄다.

아내는 어디가 아파?

면역 세포가 점막이나 관절을 공격하지. 통증이 심해.

입속이 점막이잖아. 그곳이 아프다고?

태수는 기성을 똑바로 보았다.

몸에는 점막이 많지.

기성은 그곳이 어디인지 탐색하며 눈을 깜박거렸다.

야, 큰일이다. 지금 나이에 벌써 그러면 어떡하냐.

3

집은 조용했다. 아내는 깔끔하게 집을 정돈한 뒤 밤이 이슥해지자 외출을 했다. 다녀올게요. 외출을 알리는 말은 단순했다. 태수는 어디로 가는지 묻지 않았다. 결혼한 이후로 아내의 행방을 물은 적이 한 번도 없었다. 새삼스럽게 지금 물을 일도 아니었다. 아내는 졸아드는 생명을 어딘가에서 부풀리고 싶어 했다.

아내를 몰아가는 힘을 태수가 막아설 방도는 없었다. 태수가 막으면 그 힘은 둑 경계를 돌아서 무기력한 태수를 등 뒤에 남겨둔 채로 기름덩이처럼 진득하게 흘러갈 것이었다. 태수에게는 그 길이 눈에 선했다.

기성은 침대에 앉아 기다렸다. 태수의 아내는 옷장 문을 열고 그 뒤에서 겉옷을 벗었다. 기성이 호텔 창가로 다가서자 도로를 따라 반짝이는 불빛이 보였다. 여자는 늘 호텔 고층을 고집했다. 땅에서 멀어지면 다른 남자와 관계를 맺는 죄책감도 줄어드는 것일까. 고층에서 보이는 빌딩과 집과 도로는 마치 영화세트장처럼 보였다. 빌딩 벽을 퉁퉁 치면 텅 빈 소리가 나고, 손으로 밀면 도로는 방향이 바뀔 것 같았다. 여자가 창가에서 빛과 어둠이 뒤섞여 비현실적인 지상을 내려다보면 기성은 그녀의 영혼이 어디론가 달아나는 것은 아닐까 하는 느낌을 받았다. 사실 그에게 여자의 영혼이 어디로 가는지는 궁금한 일은 아니었다.

기성이 그런 생각에 잡혀 있는 동안, 여자는 몸을 돌려 침대로 올라왔다. 침대에서는 여자의 몸과 영혼이 기성의 손아귀에 잡혔다. 그는 여자에게 눈짓을 하면서 손을 내밀었다. 그녀는 손가방에서 손수건을 빼내 건네주었다. 기성은 여자의 손을 뒤로 돌려 연노랑 장미가 그려진 손수건으로 묶었다. 그가 겹매듭으로 묶인 손수건을 두 번 잡아당기고 여자의 거들을 화악 끌어내렸다. 거들이 발목에 걸렸다. 기성이 여자의 몸으로 들어가자 물음표처럼 엎드린 여자가 소리를 질렀다. 그는 여자의 뒤에서 허리에 힘을 주었다. 여자는 신음과 고음을 섞으며 짧게 말했다.

사랑해요.

그가 손바닥으로 여자의 하얀 엉덩이를 때렸다. 흰 바탕에 벌건 손가락 자국이 기어갔다.

여자가 내뱉는 첫 글자가 길게 끌리면서 단어가 토막났다.

사

랑

해요.

여자가 베개에 얼굴을 묻었다. 여자의 막힌 입에서 쏟아지는 흐느낌과 절정이 섞인 목소리를 들으며 기성은 여자의 어느 부위가 아픈 것인지 의아했다.

어디가 아프다면서? 여자가 고개를 끄덕였다. 많이? 여자가 미소를 지으면서 짧게 괜찮다고 말했다. 통증의 기미는 보이지 않았다. 고쳐 따지면 모두가 통증의 증상이었다. 여자가 지르는 비명과 과도하게 허우적대는 손, 참혹하게 비틀리는 허리. 손은 악착같이 침대 시트를 휘어잡았다. 어떻든 그에게는 좋았다.

기성은 호텔을 벗어나며 엉뚱한 곳에서 여자가 숨긴 통증을

보았다. 차가 호텔 주차장을 벗어나는 순간, 옆에 앉은 여자가
찢어지는 비명을 지르며 손으로 얼굴을 가렸다. 머리를 숙인 그
녀는 차창을 통해 들어오는 빛을 물리치기라도 할 듯 들어 올
린 손을 허우적거렸다. 여자의 이마 위로 힘줄이 솟고 진땀이 흘
렀다. 기성은 브레이크부터 밟았다. 호텔 주차장 입구 턱에 차가
얹힌 꼴이었다.

왜 그래?

아파요. 저 빛이.

주차장을 벗어나서 쏟아지는 빛은 맞은편 빌딩에서 번쩍이는
네온과 가로등이었다. 도시에서 흔한 야경이었다. 여자의 비명
소리가 아니었다면 그는 예사로 생각하고 그곳을 벗어났을 것
이다. 그런데 아니었다. 여자의 외침은 단순한 비명이 아니었다.
날선 칼에 어디를 찔린 것같이 날카롭고 고통스런 부르짖음이
었다.

그는 고개를 숙여 앞을 살펴보았다. 빌딩과 건물 사이로 빛이
가리는 어두운 면이 겹치면서 짐승같이 괴상한 형상이 흘깃 나
타났다. 이상한 일이었다. 그 짐승은 기성을 노려보더니 흐릿하
게 형체를 엉클어트리며 사라졌다. 빛에서 번진 환영 같았다. 여
자는 몸을 잔뜩 웅크리며 또다시 비명을 질렀다. 차 뒤에서 요란
하게 경적이 울렸다. 기성이 차를 조심스레 빼내었다.

괴이했어요.

기성이 말을 툭 잘랐다.

아무 일도 아냐. 착시야.

여자의 검은 머리카락이 이마에 찰싹 달라붙었다. 딱딱한 가
면으로 변한 여자의 얼굴에서 이미 어두워진 안색은 쉽사리 되
돌아오지 않았다.

4

오늘이 그날이다. 이른 새벽, 사방은 조용하다. 맞은편 아파트
들은 부엌 쪽과 북쪽을 향한 방을 내보이며 두꺼운 침묵에 잠겨
있었다. 아내의 긴 울음이 끝났다. 태수는 정장을 갖춰 입었다.
울음을 그친 아내가 그런 태수를 지켜보았다.

난 세상의 모든 고뇌가 당사자 자신의 의지와 관계 있다고 생
각했소. 내가 주식 동향을 지켜보며 시세를 보고 투자를 결정
하듯이. 하지만 세상에는 노력해도 해결할 수 없는 고통이 있다
는 걸 알았소. 당신의 통증을 대체 내가 어떻게 하겠소? 그저 지
켜볼 수밖에 없었고 그 시간의 두께가 깊어지자 나 또한 통증을
만났지. 당신에게 전염을 당했다고 할 수도 있고, 내가 스스로
그 통증을 당하고 싶어 받아들였는지도 모르오. 나는 통증이 사

람을 순일하게 만든다는 걸 깨달았소. 모든 신경이 그곳으로 모였지. 감각을 모아서 집중하면 통증은 생김새를 갖춘 실물로 느껴졌소. 내 머리 옆쪽에 박혀서 도사려 앉은 놈은 다른 곳으로 퍼지지도 않았소. 두통은 생명력을 지니고 머리를 파고들어 그대로 두면 두개골을 꿰뚫지 않나 싶었지. 온 감각이 통증 부위로 몰려 몸이 통증 크기로 줄어든 것 같더군. 생각이 그곳으로만 쏠려 이제는 통증이 내 스스로를 잡아 가뒀다고 생각하기에 이르렀지.

그러나 그것도 한계가 있었소. 내가 당한 통증이 당신의 고통을 따라갈 수 있겠소? 내가 아프다 한들 당신의 괴로움은 줄어들지 않았소. 당신의 통증은 내게로 넘어오지 못하는 끝없는 장벽이었소. 남기성에게 당신이 위로를 받는다면 더없이 좋으리라 기대도 했지만, 그건 더 큰 고통을 안겨 준 것에 지나지 않았소. 이런 상황에서 내가 할 수 있는 마지막 방법은 이제 이것밖에 없소.

설명이 더 필요하겠소? 태수가 아내에게 말했다. 아내가 다시 흐느꼈다. 아내의 울음이 그치기를 태수는 오래 기다렸다.

당신에게 기회를 줄 생각이오. 우리가 해결할 수 없는 고통이라면 당당하게 받아들입시다. 당신에게 제일 잘 어울리는 저 흰색 투피스를 입고 걸어 나가면 되오. 품위 있게 말이오.

5

조문을 온 남기성은 빈소에서 영정을 다시 보았다. 사각 사진틀 속 태수는 마치 이 세상에서는 즐겁고 좋은 일만 있었다는 듯이 밝은 미소를 내보이고 있었다. 영정을 보면 사진 속 인물과 실제 살았던 사람 두 명이 따로 존재했었다는 느낌이 들기도 했다. 다른 영정에서도 자주 본 듯한, 표준으로 굳어진 것 같은 웃음이 꾸며낸 듯한 냄새를 풍겼다. 기성은 절을 하고 일어나면서 태수의 얼굴이 묘하게 비틀려 있다고 느꼈다. 다시 보니 카메라가 절정의 순간을 잡은 웃음은 변함없었다. 하지만 태수의 눈매는 달랐다. 속과는 달리 얼굴만 거짓으로 웃는 듯한 인상이었다. 골똘하게 무엇을 생각하는 듯한 눈동자가 기성을 쏘아보았다.

기성이 빈소를 나와 동기들이 둘러앉은 자리로 오자 빈소에서 받은 인상은 사라졌다. 빈소에 들어서자 기성 자신도 모르게 보인 적개심 어린 눈빛에 사진이 맞서는 인상을 보인 게 아닐까 싶기도 했다. 통증을 견디지 못한 여자가 태수에게 죽여 달라고 요청했었다. 유서로 쓰여 알려진 소식은 그랬다. 그는 여자가 태수에게 죽음을 구했다는 소식이 믿기지 않았다.

기성은 소주 한 잔을 입에 털어 넣고 김치에 말라 버린 편육을 올렸다. 마른 오징어와 땅콩 따위 안주가 지저분하게 탁자 위에 늘어져 있었다. 시중드는 사람도 움직이지 않아 탁자의 음식은 입에 댈 만한 게 없었다.

자동차 정비소를 운영하던 태수의 친구는 되풀이해서 말했다. 그가 아내를 얼마나 사랑했는지 아느냐고. 만취한 녀석은 귀퉁이 자리를 차지하고는 쓰러질 듯 기우뚱하게 앉아 고개를 주억대었다. 녀석은 잊을 만하면 고개를 세우고 옹얼대다가 앉은 무리를 향해, 반은 삿대질에 가까운 손짓을 하며 그가 얼마나 아내를 사랑했는지 떠들었다.

더는 두고 보지 못한 거야. 아니지. 여자가 먼저 청했겠지. 그랬다더군. 사랑이 넘치니까 고통에 허우적대던 아내를 못 견딘 거지.

그러고는 다시 고개를 처박고 몸을 흔들면서 이기지도 못하는 술에 밀리고 있었다. 녀석이 바닥에 모로 쓰러지자 동창 하나가 옷을 뭉쳐 베개를 만들어 주었다.

기성은 벌컥 짜증을 내면서 소주 두 잔을 연거푸 마셨다. 그만 둬, 통증은 무슨 얼어 죽을 통증이야. 장례식장이 조용해지고 무거운 침묵으로 가라앉을수록 기성의 입은 거칠어졌다. 야, 상가에서 말이 험하다. 왜, 못할 소리를 했어? 다 도피고, 핑계지. 기성이 목소리를 높였다. 통증이 어떻기에 그렇게 죽여 달라고 했다는 거야. 세상에 아프지 않은 사람이 어디 있냐. 모두 다 어딘가는 아픈 거라고.

사람들의 시선이 기성에게로 향했다. 기성은 뻣뻣하게 굳은 시신들이 머무는 공간이 공연히 짜증스러웠다. 탁자에 놓인 소주잔과 나무젓가락이 불쾌했고, 자신을 둘러싼 모습조차 잡동사니가 제멋대로 섞인 고물상 마당처럼 느껴졌다. 그는 외투를 들고 일어나 빈소를 들여다보고 어깨를 추스르며 밖으로 나섰다.

늦가을 밤 추위가 기성의 몸에 달라붙었다. 장례식장 문을 나서자 오른쪽 머리가 번갯불에 맞은 듯 아프기 시작했다. 극심한 두통이었다. 기성은 여태껏 느껴 본 적이 없는, 몸으로 뚫고 들어온 아픔에 놀라 오른쪽 머리를 꽉 쥐었다. 그는 고개를 숙이고 몸을 뒤틀었다. 급작스런 두통은 한순간에 멀어지면서 사라졌다. 기성은 당황하면서 화단을 따라 걸어갔다.

이게 뭘까? 아무 일도 아닐 거야.

그는 머리에서 조심스럽게 손을 떼었다. 그의 기대를 배반하면서 대못이 머리 한쪽을 쭉 긁는 듯한 통증이 찾아왔다. 그래도 처음보다는 나았다.

기성이 그 자리에서 얼굴을 감싸 쥐자 머리를 긁어 대던 못이 움직임을 멈췄다. 놈은 사라진 것일까? 그는 불안스레 스스로에게 물었다. 기성은 숨어서 자신을 관찰하는 통증의 시선을 느꼈다. 다시 못을 박는 듯한 아픔이 머리를 습격했다. 그는 순간 비명을 지를 것 같아 손으로 입을 막았다. 그러자 고통은 뚜벅뚜벅 걸어 멀어져 갔다.

그는 오른손으로 머리를 누르며 조심조심 움직였다. 그러다 울컥 치솟는 화에 진한 가래를 화단으로 카악하고 뱉었다. 벚나무 밑동이 자동차 배기가스에 찌들려 시커멓게 바랬다. 가래가 시커먼 밑동에 착 들러붙어 천천히 흘러내렸다.

해설

비순응적 삶의 형식

박형준(문학평론가)

소설의 미학적 문제는 작가의 윤리적 입장과 무관하지 않다. 서사는 세계를 구성하는 시각의 차이를 표상한다. 특히, 소설은 신화나 서사시와는 다르게 세계와 자아의 극복할 수 없는 단절과 갈등을 근간으로 한다. 굳이 루카치를 언급하지 않더라도, 우리는 소설이라는 표현 양식이 획일적이고 순응적인 세계를 이질적인 요소들로 충돌시키는 마성적인 아이러니에 바탕하고 있음을, 혹은 소설이 가장 세속화된 방식으로 타락한 세계의 모순을 폭로하는 서사 양식이라는 사실을 잘 알고 있다. 소설의 서사 구조를 지탱하는 부정성은 부조리한 현실을 속된 형태로 재구성한다. 그러나 이 세속화는 허구와 사실 사이에 숨겨진 진실을 매개하기에, 가치 있는 이야기로 우리에게 전달된다.

정광모는 표제작 「작화증 사내」에서 낭만적 허구와 소설적 진실의 자리를 되묻고 있다. 거짓 이야기를 꾸며낸다는 혐의로 정신병원에 감금된 한 사내를 통해 허구와 사실의 틈에 짓눌려진 진실의 자리를 탐색한다. 작화증(作話症)이라는 소재 자체도 흥미롭지만, 그보다 이 작품이 '허구/사실'의 경계에서 사회적 맥락과 맞닿는 부분은 더욱 주목을 요한다. 일견, '미네르바 사건'을 상기시키기도 하는 이 작품은 시작부터 사실과 허구, 진실과 거짓, 치료사와 환자의 관계가 착종되어 나타난다. 작화증 사내는 "정신병원만 아니라면 꽤 근사한 독실"에 사는 남자이며, 거짓 이야기만 빼면 전혀 이상할 것이 없는 사람으로 그려진다. 수습직원 '박'은 처음부터 작화증 사내와의 거리 조절에 실패하는데, 이는 박의 시선에 작가의 의식이 투사되어 있기 때문이다.

사내를 사회적인 위험 인물로 분류하는 임상심리사와 달리, 작화증 사내를 관찰하는 박의 역할은 그래서 단순하지 않다. 수습직원 박은 관찰자이지만, 치료자의 시각으로 사내를 대하는 임상심리사와는 근본적인 차이를 내포하고 있다. 특히, 사내가 정신병원에 잡혀오게 된 사연을 고백하는 장면은 빠른 호흡으

로 이야기가 전개되는데, 이는 청자(혹은 독자)의 감정이입을 추
동한다. 사내는 인터넷 등의 매체를 통해서 K시장과 여비서의
추문을 유포시켰고, 그 사건을 계기로 정신병원에 강제로 입원
하게 되었다고 말한다. 하지만 K시장이 명예훼손으로 사내를 고
발하지 않았는데도 병원에 입원할 수 있었던 것은 사내의 아버
지가 K시장으로부터 거액의 사례금을 받았기 때문이라며, '박'
아니 독자를 설득해나간다.

　여기까지 독자는 박의 시선으로 사내의 이야기를 뒤쫓게 된
다. 그러나 사실과 허구, 진실과 거짓, 피의자와 피해자, 정상과
비정상, 치료사와 환자의 경계가 허물어지려는 순간, 그 마디마
디에 작가는 다시 임상심리사를 개입시킴으로써 독자들의 시각
이 함몰되는 것을 방지한다. 소설의 처음부터 끝까지 치료자의
시각을 놓지 않고 있는 임상심리사는 이 경계를 어떻게든 현실
감각 속에서 유지시키고 있는 인물이다. 그것은 정상과 병리, 사
회와 비사회적 행위로 분할되어 나타난다.

　거짓 이야기를 지어낸다지만 별 피해를 끼칠 것 같지 않은데
요. 박이 말하자 임상심리사가 멈춰 섰다. 해를 등에 진 여자의
표정이 후광에 가려 읽히지 않았다. 거짓말을 밥 먹듯이 하는
사람이 사회에 나간다고 생각해 보세요. 사회 질서가 어떻게

되겠어요? 사회 질서를 어지럽히는 인간은 당연히 격리시켜야
죠. 그게 정신 요양원의 존립 이유 아닌가요? (…) 그리고 무엇
보다 중요한 건 저 남자의 작화증 증세가 개인 차원을 넘어 사
회적인 문제로까지 번진다는 거예요./ 그게 무슨 말이죠? / 인
터넷 매체나 트위터, 페이스북 등의 소셜 네트워크를 통해서 개
인은 물론이고 사회단체나 국회, 정부 등 대상을 막론하고 공
격한다는 겁니다./ 공격을요? 어떻게요?

-「작화증 사내」, 139-147쪽

임상심리사는 작화증이 "공상을 실제 일처럼 말하면서 허위라
고 깨닫지 못하는 병"일 뿐이기는 하지만, "전염성이 강"해 위험
하다고 말한다. 그래서 그것은 개인의 자유로운 생각이나 상상
력이 아니라 사회적 질병에 가깝다는 것이다. 사적인 말들이 온
도시를 뒤흔드는 괴담으로 증폭되어 사회 전체를 마비시킬지
모른다는 불안감, 이와 같은 사회심리적 조건에서 우선 작동되
는 것은 사회안전망을 당위한 분할과 배제, 그리고 추방의 시스
템이다. 언어적 규율이 삶의 형식을 결정하는 근대 사회의 경우,
언제나 이야기의 진실 여부보다는 소문의 진원지(말의 기원)를
추적하는 데 모든 노력이 바쳐지는 것은 이 때문이다. 이 작품에
서도 마찬가지로, 아버지와 K시장의 비밀에 대한 진실 공방보다

는 안정적인 사회시스템을 위협하는 루머의 기원을 추적하고 그 유포자를 격리해야 한다는 당위가 앞서 있다.

이 시점에서 우리는 광기, 혹은 정신병이 사회·문화의 부정적 잔여물이 아니라 역사적 사실에 가깝다는 푸코의 사유를 참조할 수 있다. 그러므로 주목해야 할 것은 '작화증 사내'의 말들에 대한 사실판단 여부가 아니라, 부조리한 삶의 진실을 은폐하는 구조와 안정적인 시스템에 가해지는 충격 자체를 차단하고 말소시키려는 의지들이다. 이 작품은 그래서 정신병 자체가 부정적 잉여가 아니라 부조리한 사회의 조건과 은폐된 사실을 가시화하는 것이며, 그곳에서 기원 없는 언어, 다시 말해 문학적인 사유와 글쓰기가 시작된다는 점을 시사하고 있다. 그렇다면 사내의 작화행위는 종종 이성적·논리적으로는 설명하기 어렵지만, 그러면서도 분명 잔존하고 있는 우리 사회의 불합리한 면면을 폭로하는 '소설 쓰기'—사회의 병을 노출하는 병적(病的) 서사—와 다르지 않다고 말할 수 있지 않겠는가.

이와 같이 정광모가 삶의 진실을 가시화하는 방식은 사실과 허구 사이에 놓인 이야기(작화)의 역할과 자리가 무엇이냐 하는 물음 자체에서 출발한다. 정광모의 소설은 서사의 토대가 탄탄하다. 각 작품마다 독특하고 다양한 소재를 다루고 있으며, 그것을 가공하는 능력 또한 부족하지 않다. 서사의 구성 요소와 개연성 있는 전개를 중시하면서도, 이야기 자체에 대한 탐구를 잊지 않고 있다. 이것은 부조리한 삶의 구조를 돌출시키는 사내의 작화행위를 보다 신화적 층위에서, 혹은 역사적 층위에서 재현하고 있는 다른 작품에서도 찾아볼 수가 있다. 이를테면, 「시시포스 묻히다」에서는 신화의 현대적 변용을 통해서, 「기억 금지구역」에서는 가족사를 역사적 장소와 교접시킴으로써 이러한 문제 인식을 구체화하고 있다. 흥미로운 것은 두 작품 모두 속화된 자본주의를 성찰의 대상으로 삼아야 할 서사 양식(mode)의 물신적인 변화('스토리텔링')를 비판의 타깃으로 설정하고 있다는 점이다.

시시포스 신화를 모티프로 한 「시시포스 묻히다」는 다소 비현실적인 소재를 바탕으로 하고 있기는 하지만, 자본주의라는 위악적 세계 구조 속에서 늘 새로운 과업을 창안해내고 그것을 적극적인 부가가치로 생산할 것을 주문받는 현대인의 우울한 잔상을 잘 그려내고 있다. '현대판 시시포스'는 우연한 계기에 탄생한다. 사업 수완이 좋고 계산에 밝은 '오 사장'은 서울 외곽에 중국인 관광객을 유치할 호텔을 짓기 위해 공사를 시작한다. 작업 현장이 도시와 동떨어진 곳에 위치해 있어서 일과시간 이후나 휴일의 무료함을 달랠 놀이가 필요하던 인부들은 색다른 시합을 하게 된다. 그것은 돌과 공사 자재 따위를 붙여서 만든 바위를 야산 등성이로 밀어 올리는 일이었다. 이 호텔 건축 현장에서 인부로 일하고 있던 '박' 역시 자연스럽게 이 시합에 참여하게 된다. 그러나 다른 인부와 달리 박에게 바위 굴리기는 휴일의 무료함을 달래는 소일거리의 수준을 초과하는 것이었다.

> 바위가 구르는 소리는 깊은 곳에 잠들어 있던 박의 옛 기억을 따라갔다./ 뒤엉킨 햇빛 속에서 어린 시절 속 해변이 나타났다. 박은 파도가 씻어 내는 해변의 자갈소리를 들으며 서 있었다. (…) 박이 섬을 떠나면서 자갈이 소리를 들려주는 기쁨은 끝이 났다. 막일을 하면서 박은 바닷소리를 잊어버렸다. 공사장에서 만나는 자갈은 바닥을 긁는 소리를 내며 콘크리트 타설 작업에 휩쓸려 들어가곤 했다. 그는 무뚝뚝해졌고 세상에 별다른 관심을 보이지 않았다.
>
> ―「시시포스 묻히다」, 48-49쪽

인용문은 정광모 소설가가 지향하는 현실인식의 폭을 어느 정도 보여주는 부분이라고 해도 무리가 아닐 듯하다. 야산으로 바위를 밀어 올리는 일, 이는 박의 신체 감각을 깨우고 생에 새로운 활력을 불어넣는 치유행위에 가깝다. 야산 기슭을 구르는 바위 아래로 튀어오르는 자갈이 마치 유년의 기억을 간직하고 있는 해변의 아름다운 자갈과 동일시되는 현상은 그래서 다소간의 향수와 환타지를 동반한다. 박은 어린 시절을 보냈던 섬을 떠나 도시에서 막일을 하는 내내 그곳의 소리를 잊고 살았으나—다른 사람이 듣기에는 "일상에서 듣는 소리와 별 다른 차이가 있을 성 싶지 않"은 데도 불구하고—, 바위를 굴리기 시작하면서 고향의 바다 소리를 다시 떠올릴 수 있게 된다. 지루한 공사 현장에 삶의 활기를 불어넣은 시시포스의 재림이 노스텔지어를 상실한 현대인의 원체험을 상상하게 하는 것은 이 때문이다.

그러나 신화적 충만성이 붕괴된 세계, 혹은 신적 가치가 몰락한 시대의 '시시포스 이야기'는 해피엔딩으로 귀결되지 않는다. 그것은 우리에게 각박한 삶을 벗어나는 황홀경의 체험으로 다가왔으나, 곧 총체성이 붕괴된 형이하학적 세계의 한계를 노정하고 만다. 오 사장이 서울 외곽에 있는 이 호텔을 이슈화·상품화할 목적으로 '현대판 시시포스'라는 퍼포먼스를 창안하였기 때문이다. 신화와 자본이 결탁하면서 박의 행위는 찰나의 동경으로 변질된다. 이를 일종의 '시시포스 스토리텔링'이라고 말해도 좋을 것이다. 박에게는 잃어버린 유년시절을 기억하고 복원할 수 있었던 유일한 행위조차 경제적 가치로 환원되고 말았다. 이미 삶의 즐거움이 아니라 고역이 되어버린 바위 굴리기를 참다못해 박은 떠날 것을 결심하지만, 공사 업자와 인부를 모두

해고하겠다는 오 사장의 위협에 결국 주저앉고 만다. 신화와 자본의 결탁이 파국의 서사를 예고하고 있었던 셈인데, 이것은 이야기(소설)의 운명을 암시하는 것이기도 하다. 왜냐하면 시시포스의 이야기가 흥미로운 관광산업의 콘텐츠로 재구성되는 순간, 그 예전의 시시포스가 그러했던 것처럼 박 역시 지독한 형벌의 숙명에 놓이게 되었기 때문이다.

「기억 금지구역」은 부산의 '용두산공원'에 위치해 있던 신사에 대한 기억을 복원하는 전화 한 통으로 이야기를 시작한다. 서울 강남의 한 화랑에서 개최하는 '기억 2부작'이라는 전시회에서 할아버지의 과거 행적을 살펴볼 수 있는 미술작품이 등장한 것, 그러나 이는 도무지 복기하고 싶지 않은 과거의 기억이었다. '나'에게는 늘 인간적인 모습으로만 기억되어 있는 할아버지가 용두산에 위치한 신사에서 일본 고유 신앙인 신도를 집행하는 신관으로 활동하였다는 사실을 담고 있기 때문이었다. 궁핍한 식민지 조선의 삶을 따뜻한 풍경화로 채색한 엘리자베스의 판화처럼—이국 풍경의 스케치에만 열중했던 관찰자의 그것처럼—, '용두산 신사' 앞에서 자연스럽게 일본 신관의 옷을 입고 서 있는 할아버지의 모습은 분열된 우리의 역사처럼 이질적이다. 물론, 이미 오래전에 그 신사의 흔적은 사라지고 없다. "대륙관문의 수호신"으로 여겨진 "조선에 세워진 최초의 신사"를 가졌던 부산 광복동은 이미 기억되어서는 안 되는 장소(기억 금지구역)로 재구축되어 있기 때문이다. 하지만 옛 신사 자리에 이순신상이 우뚝 서서 부산 앞바다를 지켜보고 있다는 묘사 속에서 나의 당혹스러움과 부끄러움은 더욱 극대화되어 나타난다.

　물론, 기억을 금지시킨다고 해서 역사적 상흔이 표백되는 것은 아니다. 그것은 일종의 트라우마이기 때문이다. 그래서 이 작품은 우리가 차마 마주하지 못하는 역사적 외상, 즉 그 정신의 물질성을 '용두산'이라는 역사의 장소를 통해 현현시키는 작업인 셈이다. 그러나 이와 같은 우연한 마주침이 곧 문제 해결의 실마리가 되는 것은 아니다. 그것이 자발적인 것이든 아니든 '나'에게 있어서는 불편한 진실임에 틀림없는 일이기 때문이다. 이 시점에서 매우 흥미롭게도 서술자는 부끄러운 혈족에 대한 분노와 함께, 기억의 윤리적 전회를 시도한다. "할아버지가 도요토미 히데요시에게 제사를 지냈다? 상상하기 어려웠다. 견습을 했다니 옆에서 도와주기만 했을 것이다", 혹은 "할아버지는 감옥에 들어간 동생을 구하기 위해 신관 업무를 배웠을지도 모른다"라거나, "할아버지가 신직 훈련을 받은 것은 강요에 의해서였을 것"이라며 스스로를 합리화한다. 또 "설령 강요받아 행동했더라도 귀중한 역사입니다. 고통스러워 잊고 싶거나 상처를 긁어 파는 기억도 보존할 가치가 있는 법이지요"에서와 같이 큐레이터의 입을 빌려서 독자의 동의를 구하기도 한다.

나의 이러한 태도는 흥미롭게도 할아버지의 기억을 예술문화 콘텐츠로 전유하고자 하는 큐레이터의 의도와 자연스럽게 교감한다. 주인공이 순간적인 분노를 감추지 못해 할아버지가 모델이 된 채색 판화를 찢어버리고자 주워온 돌맹이가 차갑게 식어버린 것은 이를 상징적으로 보여준다. 종국에 주인공이 할아버지의 그 '광대뼈'를 자신에게서도 발견하는 장면 역시 결코 우연이 아니었던 것이다. 신관의 모습을 한 김경수(할아버지)를 "일본과 서양의 문화를 이해하고 손수 실천한 선각자"로 지칭하며, 착종된 조선 근대의 문화적 유산으로 스토리텔링하고자 하는 큐레이터의 기획, 즉 문화산업적 프로젝트는 사실과 허구의 경계를 허문다. 아니, 오히려 그 자리를 새롭게 재배치하고 탁화시킨다. 이 경우 어느 것이 사실이고 어느 것이 허구인지를 분명하게 아는 것은 중요하지 않다. 스토리텔링, 즉 '말'해지는 대로 '이야기'가 생성되고, 짐짓 그것이 사실이거나 진실처럼 수용된다는 사실만이 남을 뿐이다. 다시, 「작화증 사내」를 떠올린다면, '작화행위'로 인해 병리/격리의 대상이 된 사내의 사회적 위험성이라는 것이 얼마나 허위의식으로 가득찬 것인지를 짐작할 수 있다. 마찬가지로 잠시 「시시포스 묻히다」를 경유한다면, 박에게 '시시포스의 삶'을 강요한 '오 사장', 그리고 「기억 금지구역」

에서 '신관 김경수'를 '선각자'로 탈바꿈하고자 한 '큐레이터'는 신화/역사적 이야기를 모두 자본과 결탁시키는 '산업 스토리텔링'의 전형적인 양상을 보여준다고 하겠다.

우직한 서사 구조를 추구하는 정광모의 소설은 아무래도 서사 양식의 미래 형식으로 각광받고 있는 스토리텔링의 그것에는 무관심한 듯하다. 아니, 오히려 그러한 경향을 적극적으로 거절하고 있는 것 같다. 전자와 후자에서 비판하고 있는 '산업 스토리텔링'은 모두 지배 담론이나 거대 자본에 순응적인 서사의 형식을 취하고 있기 때문이다. 물론 그렇다고 해서, 이들 작품에 대한 해석이 이야기가 재화를 생산하는 수단으로 전유되고 있는 현실 자체를 비판하는 데 머무르고 있는 것만은 아니다. 정광모의 소설은 '할아버지'로부터 '나'에 이르기까지, 혹은 '오 사장'과 '큐레이터'를 아우르는, 수많은 이야기들을 포섭하고 있는 우리 사회의 순응주의, 이 거대한 긍정적 세계관에 대하여 회의와 반성을 촉구하는 서사 형식을 지향한다.

사회적 순응주의는 어떤 일이든 '노력하면 잘 될 것'이라는 능력주의, 혹은 '좋게 해결될 것'이라는 긍정적인 세계관에 바탕하고 있다. 고도화된 사회를 안정적으로 유지시키는 이러한 긍정성의 피로도를 직핍하게 노출함으로써 그 가치를 비틀어버리는 작품은 「답안지가 없다」이다. 대학수학능력시험 과정에서 벌어진 해프닝을 배경으로 하고 있는 이 작품은 학생의 답안지가 '없어졌다!'라는 돌발적인 사건에 방점을 찍고 독해되어야 한다. 교장자격 연수를 앞두고 있는 '강 교감'은 둘째 아들이 수능시험을 치르는데도 불구하고, 부책임관이라는 직책 때문에 수능 감독에서 빠지지 못한다. 시험 시작 준비를 하던 강 교감은 평소에도 업무 능력이 "아래에서 기고 있"는 '박 교사'가 감독교사로 참석한 것과 본부 요원들의 적당한 일 처리 방식에 불안함과 함께 노여움을 느낀다. 그러나 "시험장 본부는 레일을 달리는 기차처럼 훈련받은 매뉴얼대로 움직이면 된다"고 믿고 있었기에 자기 스스로 분을 삭인다. 물론, 시작부터 강 교감의 그러한 기대는 여지없이 무너진다. 왜냐하면 검수요원을 맡은 박 교사가 한 학생의 답안지를 파지 처리하는 황당한 사건을 일으켜, 수능 응시 학생의 답안지가 사라지는 초유의 사건이 발생하였기 때문이다.

싫단 말이에요. 최현미 학생의 대답은 매몰찼다. 적대감이 묻은 완고한 모습이었다. 교감의 말을 전혀 받아들이려 하지 않았다. 난 답안지를 제대로 냈어요. 학생은 폐기된 답안지를 가리키며 불길한 그 무엇을 내치듯이 손을 저었다. 교무부장이 다시 나섰다. 학생, 이건 별거 아니야. 단순한 착오야. 5분 안에 끝난다니까. 이번에도 마찬가지로 싫어요, 하는 대답이 돌아왔

다. 이번 목소리에는 날이 서 있었다. 설득하려는 말이 거듭될
수록 학생의 얼굴은 표독스럽게 바뀌었다.

-「답안지가 없다」, 122쪽

　　강 교감은 사라진 답안지를 찾았으나 도무지 쓸 수 없는 상태
가 된 답안지를 다시 작성해야 하는 지경에 이르게 된다. 교장자
격 연수를 코앞에 두고 있어 큰 문제 없이 수능을 마쳐야 하는
강 교감으로서는 어떻게든 이 문제를 조용하게 처리하는 것이
급선무였다. 돌발상황이기는 했으나, 다시 답안지를 작성하는
것으로 이 사건을 무마하고자 한 것은 그 때문이다. 그는 파지
가 된 답안지를 동일하게 작성해서 제출하면 문제될 것이 없다
고 판단하였다. 하지만 잃어버린 답안지의 주인공 최현미는 강
교감의 예상과 달리 답안지 재작성을 강력하게 거부한다. 사회
시스템의 안정적인 운영을 위해 진실을 '드러내는 것'보다 '감추
는 것'을 손쉽게 선택/강요하는 우리 사회의 순응주의를 되돌
려 세우는 통쾌한 장면이 아닐 수 없다. 최현미의 '거절'은 상징
계를 유지시키는 언어규칙을 깨부수며, 사회구조에 내재하는 폭
력의 순응주의로부터 탈주한다. 문제 대응 가이드라인(매뉴얼)
에 존재하지 않는 학생의 반응은 그래서 더욱 극적이다. 찰나의
순간, 실재계의 도래를 맛본 강 교감과 감독교사들의 당혹감은

「밤, 마주치다」에서 '박 시장'이 어긋나는 일상 속에서 느낀 피로감의 정체와도 다르지 않다.

　여러 번의 문제 상황에서도 강 교감은 끝내 화를 내지 않는다. 그는 이미 시스템에 내재하는 폭력에 순응하는 삶을 선택하였기 때문이다. 강 교감의 아버지가 프로젝트에 몰두하다가 과로로 숨졌다는 사실이 이를 뒷받침하고 있기도 한데, 이와 같은 삶의 방식은 세계의 부조리함마저도 긍정적인 방식으로 봉합하고자 하기 때문에 문제적이라 하지 않을 수 없다. 물론, 중요한 것은 그것만이 아니라, 이러한 순응주의가 자기 착취를 바탕으로 하고 있다는 점이다. 한병철이 지적한 바와 같이, 자기 착취는 "신자유주의적 자본주의의 기본 원리로서 타자 착취보다 훨씬 더 효과적이고 더 많은 성과를 올린다. 그러한 착취는 자유롭다는 느낌 속에서 이루어지기 때문이다. 그러니까 사람들은 완전히 망가질 때까지 자기 자신을 자발적으로 착취하"며, 그것이 주체를 긍정성의 과잉에 시달리게 함으로써 "자기 자신과 전쟁을 벌이고 있는 인간"(『피로사회』, 문학과지성사, 2012, 6-28쪽)형에서 벗어나지 못하게 한다. 마치 스스로를 파먹으며 존재하는 자본주의의 아귀와 같이, 주어진 과제나 요구에 부응하려고 애쓰다가 지쳐 쓰러져버리는 강 교감의 우울한 삶은, 아마 이 사건이 잘 해결되어 교장자격 연수를 마친다고 하더라도(혹은 교장이 된다고 하더라도) 전혀 변하지 않을 것이다. 그는 여전히 스트레스와 과로에 시달릴 것이며, 또 최현미의 답안지 대리 작성을 거부하는 교무부장에게 느끼는 인간적 배신감과 서글픔, 그리고 피로감에서 벗어나기 어려울 것이다. 왜냐하면 강 교감의 맨얼굴은 이 시대를 살아가는 우리들의 모습과 크게 다르지 않기 때문이다.

소재와 구성의 차이는 있지만, 「어서오십시오, 음치입니다」도 이런 주제의식과 무관하지 않다. 이 작품은 직장의 회식 자리마저도 업무능률 향상을 위한 사회활동의 연장으로 그려지며, 그것이 개인의 능력처럼 평가받는 세태를 비판적으로 그리고 있다. 소재는 일종의 '음치 탈출기'이다. 직장인의 밤 문화에 익숙하지 못한 '나'는 소위 말하는 무능력자로 취급받는다. '나'의 음치 내력은 조직 사회에서 자본의 생산 기제로 전락한 현대인의 무력감을 보여주는 한편, 그것이 단순한 노래 부르기의 문제가 아니라 개인의 사회적 능력/노력의 부족 문제임을 강요한다. 음치클리닉 원장은 "태어나서부터 음을 구별 못하는 음치는 천에 하나 꼴"이며 "모두 후천성 음치"이기 때문에 개인 스스로가 노력하면 음치를 극복할 수 있다고 말하는데, 여기에서 자기 책임과 노력/능력 부족을 강조하는 사회 분위기를 짐작할 수 있다. 그것은 "연습하지 않은 곡은 절벽처럼 건너가기가 두려"워 마음대로 자기 목소리조차 낼 수 없는, 그래서 끊임없이 자신을 단련하고 준비하지 않으면 도태될 수밖에 없는 피로사회의 단면을 잘 보여준다. 다시 말해, 이 작품은 빡빡한 일상 속에서 한줌의 여유조차 없이 로테이션되고 있는 우리 자신의 슬픈 자화상을 담고 있다고 하겠다. 그러므로 「어서오십시오, 음치입니다」가 지금의 우리에게 정말로 요구하는 것은 손쉽게 음치클리닉의 문을 두드리는 것이 아니라—또 다른 능력(스펙)을 쌓기 위해 자기 착취의 길을 선택하는 것이 아니라—, 자기 자신을 파고드는 시대의 우울(「통증의 시작과 끝」)을 정면으로 마주하는 용기와 자존감일 것이다.

　정광모 소설의 가장 큰 미덕은 바로 다양한 삶의 이야기를 우직하게 끌고 가는 힘이며, 이를 통해 우리 생의 의지를 북돋고 바른 길을 제시하고자 하는 그 정직함에 있다. 물론 서사의 정도를 향한 여정이 늘 순탄한 것만은 아니다. 정광모 작가처럼 자본에 순응적인 이야기와 삶을 거절하는 경우에는 더욱 그러하다. 하지만 긍정적인 세계의 모순과 허위의식을 직시하고 드러내야 하는 소설가의 사명을 누구보다 잘 알고 있는 작가이기에 그 험난한 길도 잘 헤쳐나가리라 믿어 의심치 않는다. 그러므로 그의 무게감 있는 장편을 통해 미래의 서사가 나아갈 길을 어서 확인하고 싶은 것 역시 지나친 욕심은 아닐 것이다.

생로병사가 고(苦)라는 말이 이상하게 들렸었다. 늙음과 병, 죽음은 괴로움과 쉽게 연결되었다. 하지만 왜 생(生)이 고(苦)일까?

아마도 자신이 이 세상에 태어나고 싶지 않았는데 태어나서가 아닐까? 그들은 자신이 선택해서 탄생한 것이 아니었다. 만약 태어나려는 생명에게 혼탁한 이 세상을 보여 준 다음에 정말로 태어나고 싶은지를 물어본다면 몇 생명이나 이 세상으로 나오려고 할까?

장편소설을 원고지 600매까지 써 놓고는 접어 버린 소설가가 있었다. 어느 순간 소설가는 소설의 내용을 잘 모르면서 쓰고 있다는 생각이 들었다고 한다. 그래서 장편을 포기하고 대신 600매 원고를 줄여 단편소설로 개작해 버렸다는 것이다. 혹시 그 소설가는 600매 원고가 자신에게 떠드는 소리를 듣지 않았을까? 예컨대 이런 항의 말이다. '이봐, 난 이런 초라한 모습으로 태어나기 싫다니까.'

나는 이 책에 실린 일곱 편의 단편소설을 탄생시켰다. 창조자로서 막강한 권한을 행세한 셈인데, 그 소설들에게 이 세상으로 나오고 싶은지 물어보는 절차는, 물론 조금도 거치지 않았다.

나의 창조물들은 천지를 창조한 알이거나 태초의 하늘과 땅과 같은 거창한 것은 당연히 아닐뿐더러 그릇이나 자동차 바퀴 같은, 이 세상에서 요긴하게 쓰이는 물건도 아니고, 어찌 보면 이 세상에 태어나야 할 필연적인 이유가 있지도 않다. 따라서 그 이야기들에게 의견을 물어보면 원래는 이 세상에 태어나고 싶지 않았다거나, 혹은 태어나더라도 이런 모양이 아니라 더 근사한 인물에다가 뛰어난 묘사에, 훌륭한 구성으로 탄생해야 마땅했다고 투덜댈지도 모른다.

그런데도 왜 그들을 이 세상에 내보내게 되었소? 라고 묻는다면 '나의 행복을 위해서'라는 궁색한 답변을 준비해 놓았을 뿐이다. 첫 문장을 쓰고, 이어서 차근차근 인물의 스토리와 운명을 결정하노라면—그 과정에서 인물과 스토리는 작가의 의도를 배신하기가 일쑤이지만—나는 창조주가 세상을 창조하면서 느낀 기쁨에 조금이라도 접근했다는 쾌감에 젖는다.

소설가가 스스로의 행복을 위해서 이 소설을 탄생시켰다는 답변을 내가 탄생시킨 소설이 듣는다면 배신감에 부르르 몸을 떨지도 모른다. 그러니 나로서는 소설 피조물에게 기쁨을 느끼면서도, 미안하기도 하며 부담스럽기도 하다. 그 피조물이 입을 열어 창작자에게 시비를 걸지 않아 다행스럽기만 하다. 그들이 내게 첫 문장부터 시작해서 하나하나 따지려 들면 나는 무척 괴로울 것만 같다.

어찌됐든 나는 일곱 편의 소설을 세상에 내보내게 되었다. 거칠고 험악한 이 세상에서 나의 창작물들이 잘 살아 나가기만을 바랄 뿐이다. 독자와의 교감을 거쳐 늠름한 청년으로 자라나기를 기대해 본다.

늦깎이로 소설을 쓰게 되었다. 여러 부분에서 부족한 나를 지도한 선생님에게 감사드린다. 작품을 비평하고 조언을 아끼지 않은 동료 작가와 가족도 고맙다. 작품을 꼼꼼하게 살펴서 챙겨준 산지니 출판사와 편집진에게도 감사의 마음을 전한다.

문학의 길은 멀고도 험난하며, 문학에 끝은 없다고 들었다. 첫 소설집으로 발걸음을 겨우 떼었다. 앞으로 먼 길을 차분히 걸어 나가겠다며 마음을 다잡아 본다.

2013년 3월
정광모